U0002939

網路小
Novel@N
23

心動

如果你不喜歡我，請不要對我太好，不然我會一直等，以為你還能喜歡上我。

貓咪詩人 著

他是校園內所有女孩的夢想，而我是所有人眼中的灰姑娘，
看似唯美的相遇，卻注定了一段波折不斷的戀情……

1

「Yeah! Let's麥克瘋。雙層純牛肉，獨特醬料加生菜，起士洋蔥酸黃瓜，芝麻麵包蓋上去，我就是愛大麥克，Big Mac、Big Mac……」

電視台熱烈播放小豬羅志祥站在櫃檯前帥氣大跳「麥克瘋」的廣告。那個時候，電視機前握著遙控器的我還在想，真的會有人敢當眾來段「麥克瘋」，只為了換取一張大麥克單點買一送一的兌換卷嗎？

答案是當然有，而且，沒想到這個活動竟然還佳評如潮。

在我打工的這間麥當勞，幾乎每天都會有Live Show上演。有時候，是個大男生像要來幫女朋友買衛生棉那般害羞扭捏。有時候，是被不太有節奏感的雙人組合硬是唸成了一段相聲還是數來寶之類的。偶爾，則能看見有人號召了整個舞團，跳舞走位絲毫不馬虎地表演起來。但是，就是沒有見過現在眼前這種的……

一個穿著和我同校制服的男生站在我面前，當我正要開始為他服務點餐，沒想到他一開口就是活力的開嗓，青春無敵地對我帥氣眨眼，「Yo!」

「呃，有什麼？」

我還沒反應過來，他已經大退一步。我定睛，才遲鈍地瞧見他身後帶上了龐大的舞群開始跟著節奏搖擺。旁邊隨行圍觀的女生瘋狂拿起手機側拍，還不停尖叫著什麼，「王子好帥！王子加油！王子我愛你！」

我傻眼地定住。

請問，現在這是什麼情形？

這些都是砸錢雇來的臨時演員嗎？畢竟，就讀我們學校的學生十個有八個都是有錢人家的小孩啊。

好吧，我承認，剩下的那兩個其中之一，就是我這種莫名其妙被爸媽送進貴族學校念書的平民小孩，平時仰賴獎學金貼補家用，就連下課後都還得打工辛苦攢錢賺學費。

這不是重點，我的注意力還被眼前這樣誇張的陣仗深深吸引住。前幾天的新聞不是還在報導某高中學生到麥當勞，正要大跳麥克瘋，就被店員尷尬地告知活動早已經結束了嗎？

那……這些人怎麼還跳得這麼盡興啊？

想到這裡，我才回過神來。沒等到他們跳完，周邊的粉絲應援團還亂糟糟嚷著什麼王子好帥，我已經冷眼出聲制止。

「呃，同學，這個活動上個星期就結束了耶。」啊你都沒在看電視的唷？

當然，後面那句話被我硬生生哽在喉嚨裡，再囫圇吞進肚裡埋在腸子深處了。

只是，同校女生還遲遲不肯散去，悻悻然擺眼色，「掃興耶……」

「那，請問可以開始點餐了嗎？」我擺出服務至上的客套笑容應對。

只見瞪著我亂發大小姐脾氣的女生不屑嬌叱道，「要不是因為來看王子，誰要走進你們這種平民連鎖速食店啊！」

「他們啊。」我指指用餐區正啃著漢堡薯條的滿滿民眾們。雖然臉皮撐得有點痠，但是我的專業微笑還保持著。

大小姐哼地一聲高傲轉身。好在她和我還有櫃檯橫在中間，不然，被她那頭長髮掃到颱風尾應該很痛吧。

「謝謝光臨。」我喊得特別嘹亮，這樣，經理應該不會怪我把客人趕跑了吧？

大家就要散場，其中，她們口中那個沒看電視的王子一個慢動作轉身，漂亮的劉海在空中飛揚，畫出一道夢幻不已的弧度。他突然折回櫃檯，就定格站在我面前，用高深莫測的眼神看我。

這是在耍帥嗎？

我毫不領情地抬高下巴，他瞄了我胸前掛置的名牌一眼，百分之百是在耍帥，對我說了，「小明？我記住妳了。」

頓時，小明笑話集，和常出現在數學課本或考卷中，總是錢帶不夠去買東西或是拿了錢卻不知道要買幾個的白爛劇情，一一浮現我的腦海。

例如，小明不小心把愛瘋4掉到河裡，河神可憐他，就從河裡拿出一支愛瘋5問是不是他的，小明搖頭。

河神又拿出一支愛瘋4S問他，小明依舊搖頭。

最後拿出了愛瘋4，小明才點頭說：「這個才是我的。」

河神心情大悅，「誠實的孩子，這三支愛瘋你都拿去吧，反正泡過水也都不能用了……」

又譬如，老師問小明一加一等於多少，小明想了半天說：「我不知道。」

老師說：「你真是個飯桶，連這麼簡單的算術也不會。我換個方式問你，我和你加起來是多少？」

小明說：「兩個飯桶。」

等等，重點是，誰叫小明啊？

「我叫……」

「王子，你怎麼還不走啊……」不等我開口，方才高傲轉身的女生已經把那個白目王子給拉走了。臨走之前，還不忘以翻轉一百八十度的超級大白眼瞪了我一記。哼哼，這女的是在囂張什麼啊？瞬間，我心口燃起熊熊怒火，幾乎要燒到頭頂上來。

我叫沈小萌，ㄇㄥˊ，二聲萌！這傢伙，沒看電視就算了還沒常識，沒常識就算了竟然還不識字，下次就不要讓我再遇到，讓我遇到我就……我就……

我氣得對空氣拳打腳踢，直到櫃檯前來了一組母女檔客人。年幼的小妹妹還因為我這副齜牙咧嘴的發狠模樣，嚇得躲到媽媽背後。

「我可以點餐了嗎？」要點餐的那個媽媽應該不禁懷疑我們店裡怎麼會雇用我這樣的凶神惡煞吧。畢竟，麥當勞的形象廣告都是主打「親切」才對啊。

為了現實著想，我只好默默收起掄著的拳頭，再度端上了專業笑容。

「你好，一份三號餐和兒童餐是嗎？請問飲料跟薯條需要加大嗎？飲料的部分是可樂……」

直到用完餐步出店門口，那個受到驚嚇的小妹妹始終不敢正視我的雙眼。

她往後的人生都不敢再吃麥當勞的話，會不會就是我害的啊？

2

有時候，假日麥當勞沒排到班，我都會到街上發廣告單賺賺零用錢。

沈小茜常笑我是個唯利是圖的女人，我才覺得她的價值觀有問題，想要什麼就直接向她的眾多追求者點餐索取，她總是坐在梳妝檯前，邊擦著睫毛膏邊對我說漂亮的臉蛋就是她的武器和實力，沒有漂亮臉蛋的人就只能是天生勞碌命。

呿，才高一而已，擦什麼睫毛膏啊，這小屁孩！

總之，對我而言，假日上街發廣告單賺零用錢，就跟在公車上背英文單字一樣，是好好利用時間。或許，在沈小茜眼裡，我就是那種沒有漂亮臉蛋只能天生勞碌命的人種。但是又如何，至少我過得踏實自在啊！

對了，都忘了說，沈小茜是我剛升上高一的妹妹，是我們家裡專門負責撒嬌的公主寶貝。

爸爸媽媽常感歎地說：小萌幫忙維持家計，認真懂事功課又好。小茜則是心靈的撫慰劑，擺在家裡是賞心悅目，帶出門乂驕傲拉風。

從此之後，陪爸媽出門喝喜酒聚餐就是沈小茜的工作。而努力賺取零用錢貼補家用，則隸屬我的責任範圍。

我反而覺得這樣也沒有不好，如果叫我化妝穿裙子，我應該會頭暈肚子痛吧。

於是，我很安分地來到鬧區，開始發起我的廣告單。

「新開幕的好好吃牛排屋！請參考看看！」

這天，乾淨的晴空湛藍無雲，颯爽涼風吹得我心情愉悅好舒服，如果不要有莫名其妙的人出現亂搭訕的話……

「請問，可以跟妳要個電話嗎？」

才這麼想，我的身後就傳來一句奇怪的問話。應該不是在跟我說話吧？於是我假裝沒聽見，繼續發著我的廣告單，「新開幕的好好吃牛排屋，最近有優惠活動唷，請參考看看！」

「哈囉，請問可以跟妳要電話嗎？」這個背後靈並不死心地輕拍我的肩膀要我回頭，只是，我一個轉身……咦？眼前這傢伙竟然該死的眼熟！

而對方居然也在轉瞬之間便認出了我。

「喂，是妳呀，小明！」一開口，這個沒有看電視兼不識字的草包王子就一副我是他家隔壁鄰居那般親切。

只是，被他這麼一喊，小明笑話集又立刻佔據我的腦海思緒。這次是上歷史課的時候，老師點名問到小明，「你知道李時珍的著作是什麼嗎？」

小明回答，「我不知道他的著作，但我知道他死前最後一句話說的是什麼。」

老師大驚，很好奇地問他說了什麼呢？

小明說：「哇靠，這草有毒……」

還有一次是小明向媽媽撒嬌，要媽媽給他一個愛的抱抱，媽媽就說了，「小明，你已經那麼大了，還要媽媽抱，羞羞臉喔！」

小明回答，「那隔壁的張阿姨比我更大，還不是給爸爸抱抱？」

我晃一晃混沌的腦袋，試圖保持清醒，這沒有看電視兼不識字的草包王子是怎樣？怎麼會一連兩天陰魂不散地從我眼前冒出來啊？

「誰是小明啊？」狠狠瞪過他一眼之後，還是不想搭理他。

「不記得我了嗎？我是……」他正要擺出跳「麥克瘋」那支舞蹈的手勢。

我已經早一步脫口說出，「上次在麥當勞鬧場的那位。」

「唷，妳認得我？」他喜出望外，天真的樣子像三歲小孩，真不懂這種男生怎麼可以得到那麼多女生青睞，那天圍觀尖叫的女生應該都是他花錢聘來的臨時演員吧。

「太好了，那這樣我也不算是陌生人了嘛，那可以給我妳的電話嗎？」

他指指旁邊嬉鬧的幾個男生，附在我的耳邊對我說：「幫個小忙，剛跟我朋友玩國王遊戲輸了，所以被指定來向妳要電話。」

真是幼稚的高中生耶，我翻了個白眼，轉身繼續發我的廣告單。

「別這樣嘛，難道妳忍心看我被朋友嘲笑？」

我麻木不仁地點點頭，然後，一有路人經過，又堆起和藹可親的笑容發傳單。

「那我幫妳發傳單，發完妳就把妳的電話給我？」

我還沒回答，他就已經把我的廣告單搶走，還很機車地檢視廣告單內容，頻頻發出頗為不屑的評論。「好好吃的牛排屋？光看ＤＭ就覺得不好吃哪，小明，妳這樣不行唷，有欺騙消費者嫌疑耶。」

「少囉嗦，我又沒答應你，把我的廣告單還我啦。你幹麼丟進垃圾桶？還我！」

因為身高差距太懸殊，我根本制止不了他，只見他大手一扔，就已經將廣告單毫不留戀地兩下子清潔溜溜丟進路邊垃圾桶，然後朝我燦爛地笑。

「你！」我氣得大叫，「你這個沒看電視兼不識字的草包王子，最好不要在學校被我遇到，遇到一次我……」

「嗯？所以，妳的意思是我們同校嗎？我怎麼都沒看過妳呀？妳是幾年幾班的？」

我已經不想理他了。

「好啦，廣告單都解決了，那妳的電話幾號啊？」他的笑容很是好看，可是我絲毫沒有心情欣賞，因為我還在擔心，不知道雇主會不會發現我的廣告單全進了垃圾桶。

「我剛剛有答應要把我的電話給你嗎？」我雙手扠腰質問。

他的那群狐群狗黨則在旁邊比手畫腳地起鬨，一副雙手抱胸看好戲的心態，應該是在糗他怎麼還搞不定我吧。

於是，這個沒看電視兼不識字的草包王子更加著急了。

「那妳說，要怎樣妳才肯給我妳的電話啊？」

「十秒之內，」我瞪視著他，「你，給我消失在我的視線範圍內。」

「那有什麼問題，所以，十秒後妳就會給我妳的電話了嗎？」

「十、九、八、七……」

聽過莫非定律嗎？

說真的，在遇見沒看電視兼不識字的草包王子之前，我根本不知道那是什麼東西，直到這傢伙和他的狐群狗黨大陣仗地出現在我工讀時段的圖書館裡，對於這種見鬼的巧合我才深感不妙！

「可是，妳還沒有給我妳的電話號碼耶。」這傢伙笑容可掬地出現在我面前，手上還捧著看起來沉甸甸的某某世界名著裝氣質，我傻眼地想，他比較需要的應該是國小學生用的注音辭典吧。

我冷著臉，繼續推著書車走，「我可沒說我會給你電話。」

這傢伙一點都不適合出現在這裡的啊。還有，他是怎麼打聽出來我的值班時段？

「是在想我怎麼知道妳在這裡的嗎？」

哇，這人不識字卻有讀心術？

「不如這樣，我告訴妳我怎麼查到妳在這裡的，妳告訴我妳的電話號碼？」他還笑嘻嘻地打算和我交換條件。

只是，我無趣地打了個呵欠，他只好不打自招，「我把妳的名字寫給我們班長，叫他去學務處查的，我到你們班上問，你們班上同學說妳這個時間都會在這邊，所以我……」他鬱悶的樣子有幾分無辜。「知道嗎？妳是第一個我要不到電話的女生耶。」

我應該感到驕傲嗎？沒理他，我還是繼續推著我的書車，分門別類地將車上的書籍歸位。

最後，是他跨越了書車，直接擋在我面前，「嘖嘖，怎麼辦，我好像對妳愈來愈有興趣了。」

「怎麼辦，我好像愈來愈想要揍你了耶。」我瞪著他，作勢要掄起拳頭揍人。

「好啊，讓妳揍，如果可以要到妳的電話號碼。」

「你就這麼想要拿到我的電話號碼？拿到之後要幹麼？天天半夜打電話叫我起來尿尿嗎？」

他頓了一下，像陷入思考，「妳……該不會有尿床的問題吧？」

這個人的思考模式也太跳躍了吧。

「不然為什麼還要我半夜打電話叫妳起來尿尿啊？」

他的笑容很天真，笑起來的時候，燦亮的深邃眼睛裡像有好多小星星那樣奪目閃爍著。曾有那麼短暫一秒，我差點被這樣無害的笑靨迷惑住。

「你才會漏尿啦！」我趕緊回神。「而且，為什麼我要把電話號碼給一個我根本不知道名字的陌生人？」

因為一時激動，我偏大的聲音頓時招來旁人側目，但是，多數女生還是對著這個沒看電視又不識字的草包王子愛慕地傻笑。聽到我這樣回答，他乾咳兩聲，尷尬的樣子還是能惹得女孩兒們為之瘋狂。

「怎麼會是陌生人，不覺得我們超有緣的嗎？從麥當勞到上次街頭妳發傳單的時候，再到現在。而且，妳說妳不知道我的名字？」

這人真的很莫名其妙耶，我反問他，「我應該要知道嗎？你又不是我的導師、訓導主任還是校工之類的……」

因此，他轉身，隨便揪了一個路人甲來問：「同學，你知道我的名字嗎？」回答的不只那個路人甲，連旁邊的路人乙丙丁也隨之頻頻點頭。我看得出來，某幾位女性同學眼神已經蹦出心型愛的火花了。

「她居然不知道我是誰？」他沒轍地扶著自己的額頭，一副內心在大叫「Oh my

god」的誇張表情。

然後，被問到的那個路人甲同學也同樣露出了一副「Oh my god」的表情來回應他。

那現在是怎樣？

我還沒問出口，他已經一個轉身向我，眾目睽睽之下，如宣告般，灼熱的目光鎖定我。「妳記住了，我叫王子傑，將會是妳今年耶誕舞會的男伴。」

很好，有種。但我也以輸人不輸陣的氣勢回嘴，「我有說要參加耶誕舞會嗎？」

而他不知道哪來的篤定。「妳會的。」

上體育課的時候，沈小茜不知道從哪個方位默默飄來，「沈小萌，聽說王子今年耶誕舞會要邀請妳當女伴啊？」

「一年級和三年級的教室隔了兩層樓，沒想到妳消息這麼靈通。」

沒聽出來我有氣無力的挖苦，她興致勃勃追問：「他的意思是要追妳嗎？」

「我又不是他，我怎麼知道……」

我氣若遊絲地回答，自從那個沒看電視兼不識字的草包王子亂放消息之後，我走在路上都有人在背後議論紛紛。

「啊，就是她，王子誓言耶誕舞會之前一定要把到的那個女生！」

「聽說她根本不知道王子是誰呢！」

「喔，我心碎了，王子怎麼會喜歡那種沒品味的女生啊……」

瞬間從隱藏在人群中的幽靈人物變成注目焦點，這種感覺真的很討厭。

「哇，沒想到王子的眼光這麼……」沈小茜刻意頓了頓，「特殊。」

「好歹我也是妳親生姊姊，幹麼這樣。」我連瞪她的力氣都沒有，只希望這個惱人的傳聞快消失。

「又沒說妳醜，只是銅臭味重了點。」

「呿，這叫踏實好嗎？踏、實。」

沒聽進我的反駁，沈小茜慘叫一聲，「糟糕，安又琳來了！」

「安又琳又是誰呀？」

「妳不知道？就在我們學校以王子的女友身分自居的第一校花啊。」

「什麼鬼？」我皺著眉，根本有聽沒有懂。

「沈、小、明！」

咦？這不是在麥當勞亂發飆的那位千金大小姐嗎？今天又怎麼了啊？還有，她剛剛喊的那聲「沈小明」，意思是在叫我嗎？

這次，小明笑話集的劇情還來不及佔據我思緒，一巴掌已經「啪」地瞬間落下。

「妳給我離王子遠一點！」

沈小茜看呆了，被狠狠甩了一巴掌的我更是當場愣住。我的臉頰熱辣辣地發燙，我想我應該被揍得嘴都歪了吧。

眼前驀地一黑，好想叫沈小茜趕快幫我看看，我的頭頂上是不是多了很多搶戲的小鳥和星星啊？因為我真的有腦震盪的感覺哪。

整個球場的人都沉默了，氣氛變得好詭譎，大家都在猜臆，當第一校花安又琳對上銅臭味濃重的灰姑娘沈小萌，誰勝誰負都沒人說得準。

「妳！」

我緩慢地舉起手，指向她盛氣淩人的鼻尖。

就在大家屏息注目以為我要狠狠加以還擊之際……

「妳中午到底吃了什麼？吃得很飽喔？怎麼力氣那麼大啊？」我大叫出來並且同時淚崩，「嗚，很痛耶……」

「嗨！」

假日的時候剛好麥當勞的工作沒排到班，原本在想，大考將近，應該要來苦讀一下的，卻臨時接了一個上街發面紙的兼差，沒想到，才剛抵達鬧區地點，這個沒看電視兼不識字的草包王子已經站在面前，等了許久般地和我打招呼。

呃，他怎麼知道我會來這裡？我傻眼。

「是在想我怎麼知道妳會在這裡嗎？」

哇，這傢伙還真的有讀心術？怎麼猜到我在想什麼啊？

他靠近，又深又黑的眼睛直瞅著我，「該不會是在想，我難道有讀心術吧？」

什麼，他真有讀心術？這妖裡妖氣的傢伙，不會連透視眼也與生俱來吧？

想到這裡，我下意識往後倒退一步，雙手忙著遮住自己上上下下的重要部位！

他笑得天真無邪。「小明，妳打招呼的樣子好另類，好可愛唷。」

「……」我無言了。好吧，他應該沒有透視眼，這一切都是我本人想太多！

「等妳等好久，以為妳不來了呢，咦，今天是發面紙嗎？」

等我等好久？

「我又不是每個假日都會來發東西。」睨了他一眼，那不就還好我來了，不然他豈不是要撲空？

不對，我幹麼這麼貼心地為他著想啊？這傢伙害我莫名其妙被搧了一巴掌耶。想到這裡，我嘴一歪，當時火辣辣的熱痛感又浮起。

「來來來，我幫妳發。」沒有察覺到我嘴歪疑似中風的怪表情，他古道熱腸地要幫我發廣告面紙，儘管不怎麼想再和他有所牽連，還是盛情難卻地接受他的幫忙。

「我知道妳因為我的關係，所以被安又琳……」

我才剛要忘了自己臉頰上的皮肉痛，又被這傢伙很白目地提起。我的嘴角頓時又疼得再度歪斜，而且故意不想理他。

他很歉疚，「Sorry，我沒有保護好自己的女人。」

這種對話不是應該出現在電影裡，那種黑社會老大的女人被仇家殺了的場景中嗎，這下我尷尬了，額頭冒汗，「呃，誰是你的女人啊……」

「妳呀。」他很認真地看向我，真摯的程度讓我差點懷疑他下一秒大概要下跪，從背後掏出玫瑰花和鑽戒向我求婚了吧，「我不是都當著眾人的面宣布妳是我這次耶誕舞會的女伴了嗎？這就表示我……」

喔喔，誤會真的大了。

「等等。」我趕緊打斷他的美夢，搖手澄清，「我又沒說我要參加耶誕舞會！」

「妳會的。」

真想問他到底是打哪來的信心？自從進到這所貴族學校，我就根本沒參加過耶誕舞會，他是從哪一點確信我今年一定會參加的啊？

「我……」

「抱歉。」我還想要聲明什麼，他卻用食指按住了我的嘴唇，逕自獨白，「被安又琳打的時候很痛吧？」

他很深情地凝視著我，燦亮閃爍的瞳眸飽含情感，這個時候我才明白了為什麼這麼多女生為他瘋狂，我從來都不是那種只單單因為對方外表很帥就會發花痴喜歡上對方的女生，這秒，卻也被他瞅得心臟狂跳不止。

「是哪邊被打？還痛嗎？」他邊檢視，厚實的手已經捧住我的臉頰，「怎麼臉這麼燙？是不是發燒了？」

或許因為感受了他的暖度，我覺得自己的體溫也瞬間飆高。

「嗯？」

我動彈不得地定住，這秒，被迫拉近的視線情不自禁靜靜凝睇他那深栗色的頭髮在風中蓬鬆飄逸，略長的劉海底下藏了一副濃密睫毛，當他抬眼深深望住我的時候，那撲動的睫毛還有那寬鬆衣領底下微微突起的青澀喉結都看得我幾乎要融化了。

半晌，我回神，才故作鎮定地開口，「我還是離你遠一點，免得又被揍。」

只是，從他那雙溫暖的掌心抽離時，我還怔怔的，靈魂像是莫名地被他帶走了某個部分，不再完整了。

「我保證，我不會再讓妳受到這樣的傷害了。」

面對他這樣款款情深的對天發誓，不知怎地，內心竟然開始有點動搖，平時我根本對於這種電視劇才看得到的無稽發誓嗤之以鼻的，現在卻……

我是怎麼了？

為了掩飾自己逐漸有些軟化的心情，我只能不著痕跡地轉移話題，「快發面紙吧，我想要早點回家念書。」

而他也欣然接受這個提議，「好啊，但妳這樣發送，動作有點慢耶。」

「什麼？」

「交給我。」又是對我帥氣眨眼，我簡直被那個瞬間的好看表情電暈了。

他就這樣掏出手機，手指滑呀滑地找了半天，「啊，找到了！」

看不懂他在耍什麼花樣，我想我可能還在發暈，只見他要我幫他拿著手機然後幫忙按下播放鍵，音樂前奏一響起，咦？是韓國前陣子超洗腦的可愛頌嗎？

我還沒有百分之百確定，這不受控制的傢伙已經隨著節奏開始擺動起來，來到副歌的時候果然 kiyomi 又 kiyomi 地比畫起手指，圍觀的人潮一下子變多了，大部分都是被他超萌表演招惹過來的女性民眾們。

我見機不可失，趕緊分送起廣告面紙，常常被拒收的下場也在這時奇蹟似地逆轉，人人都像是被王子那傢伙下蠱迷惑了般，乖乖接受了我的面紙，「美妝店在促銷囉，請多多指教，面紙後面有地址，要來光臨唷……」

這次真的多虧他的幫忙，不費吹灰之力便能完成。好吧，下次我不會再那麼壞心地稱呼他「沒看電視兼不識字的白目王子」了。

「總之，謝謝你。」

結束之後，他跟在我背後遲遲不肯走，這傢伙該不會是要向我討獎賞吧，「幹麼，我可無力以貴重的獎賞回報唷，不過，我倒是可以請你喝一杯飲料。」

結果，走進便利商店後，他出乎我意料地選了養樂多。

他插了吸管，像個孩子般大大吸了一口，露出了滿足笑靨，笑笑的眼裡有迷人的風采。這傢伙，怎麼連喝個養樂多都能這麼放電啊。

我見狀，不禁會心一笑，「你們有錢人不是天天山珍海味的嗎，怎麼還會希罕這一瓶十塊的養樂多啊？」

「這超好喝的耶，妳要不要來一口？」

明明就是我請他喝的，他還問我要不要。這傢伙不只不識字，連邏輯都有問題呢。

「不用了，謝謝。」

語畢，我偏過頭偷偷瞄了他一眼，瞧他那副開心喝著養樂多的樣子，突然覺得這樣的他也滿可愛的嘛。

我驀地驚醒，不對啊，我們是不同世界的人，得趕緊畫清界線才是。

「下次不要再來這邊等我了。」所以我開口。

「為什麼啊？」他連皺眉抗議的樣子都莫名可愛，這讓我回想起當時在麥當勞的空前盛況，難怪他擁有這麼多眼睛會迸出愛心火花的死忠粉絲。

不過，以為我也會那樣尖叫為他瘋狂嗎？下輩子吧。

我還是很淡漠。「沒有為什麼。」

「那我明天早上到妳家接妳，一起上學？」

「不用了，我都騎腳踏車。」你們這種從小就被賓士車接送到大的小孩總不會騎腳踏車了吧？哈！我在心裡偷偷笑他。

「那我明天帶早餐給妳吃？」這不是女生會為心儀的男生所做的事嗎？有沒有這麼窩心啊。

只是，念頭一轉，雖然這個舉動超加分，也不能為了個區區早餐就被輕易拐走啊。

我還是搖搖頭。「不用了。我都在家裡吃早餐。」

「那我明天中午去妳教室陪妳吃午餐。」

奇怪，這傢伙怎麼還沒有死心啊？

「不用了，看到你的臉我都沒食欲了。」

說到這裡，他燦爛地笑了，臉頰上迷人的酒渦更加甜蜜深邃，而且，一點也不謙虛地說：「我就知道我長得很帥，」

稍後，他遲鈍地想想不對，才又冒出一句，「那這樣我要怎麼追妳呀？」

「我沒有要你追我呀。」

「可是我還是想要追妳啊。」

「我就不想要你追我了嘛。」

「但我想要追妳呀。」

天啊，這人怎麼這麼煩啊，再這樣無限迴圈地對答下去，可能到明天或是後天甚至下星期我們都還站在原地，重複「就叫你不要追我了」、「可我就偏偏要追妳」諸如此類的對話吧。

於是，我下定決心地開口，「唉呀，那是什麼？外星人攻佔地球啦！」然後，又自導自演地遙望遠空另一方，語調誇張，「天啊，是復仇者聯盟，地球有救啦！」

「什麼？在哪裡？有鋼鐵人和雷神索爾嗎？可是我最崇拜的還是美國隊長耶！」

沒空理他，趁他轉身抬頭，我已經先跑走了。

5

「小茜，我的漂亮寶貝兒，外面有個帥帥的男生探頭探腦在我們家門口看了好久，

「好像是在等妳耶！」隔天一大清早，媽媽就在廚房裡喊道。

對於這種情況，沈小茜已經司空見慣，她姍姍來遲地走下樓來吃早餐，一點也不好奇今天是哪個追求者來等她上學了。

走進飯廳，她頗不在乎地坐下，邊拿著她最愛的吉比花生醬抹吐司。「大概是昨天送我巧克力的那個二年級學長吧，他一直問我住哪裡。」

這大概就是所謂的青出於藍勝於藍，媽媽很是自豪地吹捧，「行情不錯嘛，只差我當年一點。」

說到這裡，爸爸也不甘寂寞地插話，「對呀，想當年我們還在美國念書的時候，我可是天天到妳們媽媽家門口排隊彈吉他唱情歌才追到的！」

喔，拜託，都幾百年前的事情了，我實在沒有興趣參與這個話題，默默吃著自己的早餐。媽媽為我們倒完牛奶又繞回窗邊，興味盎然地瞧著外面那個痴情男，「不過話說回來，今天這個男生長得還真帥，嗯，是我的菜。」

「什麼妳的菜，妳不是說這輩子只愛我一個？」爸爸聽聞，立刻站起身來抗議。

「可是他真的長得很帥呀，又很可愛，不信小萌小茜來評評！」

我和沈小茜都忙著吃早餐，並不想蹚這渾水，卻已經被爸爸左手拎一個、右手抓一隻地來到窗前充當評審。

我猛一看，沈小茜同時叫出聲來，「喂，沈小萌，是王子耶！他怎麼知道我們家在哪裡的啊？」

「什麼王子啊？」媽媽轉向原本站在她身邊的我，可落了個空，我已經早一秒衝到門外去了。

我狠狠瞪著貌似無辜的王子質問：「說，你是怎麼知道我家住哪裡的啊？」

「這很困難嗎？我昨天就護送妳到巷口看著妳進門才離開的啊。」

「你這個……」

我還來不及開口罵人，門後那三隻八卦精已經竄出門來看熱鬧了。

媽媽擋在前面，見風轉舵地呵呵笑開，「唉呀，原來是我們小萌的愛慕者啊，我就說我們小萌長得可真萌，所以才把她取名為小萌呀……」

我明明記得她剛才不是這樣說的。

只見王子用非常欠揍的表情轉過頭來問我，「誰是小萌啊？」

我咬著牙，「是我。」

他則不以為意地轉身，對爸媽露出誠意滿分的燦爛笑靨，「伯父伯母你們早，我叫王子傑，大家都叫我王子。」

「唷，是王子同學啊，你好你好，吃早餐了嗎？要不要一起……」媽媽立刻被王子電得暈頭轉向，趕忙親切招呼起來。

「這怎麼好意思，我已經吃過了啦。」

「這樣啊，」媽媽眼珠子一轉，腦筋動得超快，為了製造我們獨處的機會，連忙把我趕出門。「喂，小萌，去拿書包，上課啦。」

「可是我還沒吃完啊……」我還抓著才咬了幾口的吐司，捨不得放手。

媽媽走了過來，直接把從家裡拿出來的書包遞給我，順便搶走我心愛的吐司，「吃那麼多幹麼？快點，上課要遲到了……」

「明明時間就還早，那沈小茜呢？」

「小茜還在發育，早餐要多吃點。」

「怎麼差別待遇啊？我也還在發育啊我……」

沒人聽見我哀怨的咕噥，爸媽和沈小茜已經拍拍屁股回到家裡繼續享受他們的天倫之樂和早餐了。

「呵呵，小明，走吧。」王子來到我身邊，滿心歡喜地朝我微微笑。

我卻笑不出來了。「不是跟你說過我叫沈小萌，ㄇㄥˊ二聲萌嗎？」

他沒聽見，應該是假裝沒聽見，只見他獻寶似地從路邊牽來一輛嶄新的單車，「妳看我的新腳踏車，咦，妳的呢？妳昨天不是說妳都騎腳踏車上學的嗎？」

唷唷，露餡了我。

這下糗了，因為不想讓他覺得我是放羊的小孩，只好隨便搪塞，「今天看到你，心情很差，突然想要改搭公車，這樣不行嗎。」

「好呀，反正我也好久沒有搭公車了，上次搭公車是因為和賈斯汀他們玩國王遊戲輸了，所以被指定要搭十七號公車繞台北一圈呢。」

果然是紈褲子弟，連公車這種便民的大眾交通運輸都淪為他們的遊戲之一。

從我們家步行到公車站約莫五分鐘，公車很快地來了，我們順利買票上車，即便是車上沒有座位必須站著，王子都還是一副逆來順受而且興致勃勃的樣子。

「在公車上搖搖晃晃的感覺也滿酷的嘛。」他甚至還笑咪咪地這麼說了。

真不知道這傢伙是樂觀還是白目，我只能默默地朝旁邊挪去，盡量不要讓自己和說出這番定論的王子看起來是一夥的。

只是，公車突然來個緊急煞車，整個車廂的人全部沒有預警地向前傾倒，而我更是重心不穩地直撲向王子差點摔倒，所幸被他抓個正著才沒有繼續往前滾。

「呼，這司機大叔也太猛了吧，又不是在開賽車。」我驚魂未甫地說著，伸長脖子察看前方路況無礙後才回頭過來……

咦？我們怎麼靠得這麼近？

我尷尬地要往後退，但是後面早就站了個噸位不小的大嬸，左右更是被兩個也是通勤的學生夾擊，這下子根本是無路可退。

我小心翼翼地想要挪動身體，卻被後面的大嬸凶狠地瞟了一眼，她不悅地屁股一扭，我便被她擠得幾乎埋在王子的懷裡。

愈是心急想要趕快脫離王子的懷抱，他卻愈是故意將我攬得更緊，我瞪視著他，他則裝痞地對著我輕笑，一點都不在意我鼓起腮幫子的惱意。

「小明，原來妳也滿喜歡我的嘛，可是，這麼猴急的話，我會害羞耶。」他附在我的耳邊悄聲說，壞壞的語氣吹拂在我的臉龐上讓我頓時脹紅了臉。

這幾乎是只要抬頭就可以吻上他鼻尖的距離，只稍安靜下來，就可以聽見彼此鼓動的心跳聲和呼吸。他暖熱的氣息自我的耳際輕輕滑過，驀地，有一種莫名悸動從心底深處竄出來，刺刺癢癢的，渾身發燙，我連手指頭都按捺不住輕微顫抖。

那是什麼感覺我也不能確切說明，當凝望他惡作劇般的深亮眼睛，時間就像是靜止住。當世界停止轉動，只剩我們兩個還活動自如。他繼續俯下身子，像在玩心理戰似地想要打探我的心情，而我僵住了，順應般地輕輕閉上眼睛，彷彿有什麼就要悄悄發生。

然後……

「別再摔倒啦，傻瓜。」

聽到他調侃的語氣，我懵懵懂懂地張開眼睛，咦？什麼都沒有發生？這個時候，我才知道自己被耍了。

「你才傻瓜啦！」我佯裝生氣地踩了他一腳，他頓時發出小聲慘叫。

誰叫他要玩弄我的純潔少女心啊，害我、害我還……

好丟人啊，想到這裡，我的雙頰又倏地滾燙起來，因為不想被發現，我刻意別過頭去，卻被他霸道地轉回身去向著他。

就這樣順勢牽起了我的手。

「別再摔倒了，傻瓜。」這次，他的語氣是溫柔的。

之後，我們沒有再交談。

但是他握住我的手，是要保護我的意思吧，雖然未經我的允許，我卻也從未想過要將他的手甩開，直到下車。

到站之後，王子三步併兩步地下車，猶如迎接久違的自由空間那樣跳躍，早就把我拋到九霄雲外。而我，被他鬆開手之後反倒有種空虛的感覺，逕自患得患失起來。

這個始亂終棄的負心漢王子，明明上一秒還那麼深情，結果下一秒竟然就這樣給我落跑……

沒有發現我莫名其妙的失魂落魄，他已經一溜煙跑到某個不起眼的早餐攤位前面，和賣蛋餅的老奶奶說起話來了。

「奶奶早安，今天生意好嗎？我老樣子，來一份蛋餅和奶茶。」

是有那麼餓嗎？我不屑地旁觀起來。

「今天生意好，剛好留了最後一份給你呢。」

奶奶看來和這個負心漢王子很熟識，奇怪，嬌生慣養的王子怎麼會愛吃路邊的早餐啊？他們有錢人不是最忌諱吃路邊攤了嗎？

「真的嗎，那剛好賣完就可以早點回家休息了呀。」

「是啊，這幾天老覺得身體不舒服……」

「奶奶妳可要多保重身體唷！」

「好的，你也早點上學去吧。」

和賣蛋餅的奶奶依依不捨道別後，王子這健忘的傢伙才又遲鈍地想起了我的存在，一副「啊，妳還在啊」的表情看看我，才與我並肩走進校門口。

剛剛那種關懷老人的好心腸，應該不是裝的吧？

原來他還有這麼貼心的一面呀。那麼，剛剛還誤認為他是牽了人家的手就落跑的負心漢，我會不會太壞了啊？

而我還沒有開口，他就已經冒出這句，「是不是覺得我超貼心超有魅力的？」

嗯？他怎麼總能看穿我在想什麼啊？

「才沒有！」我不自然地扯扯書包背帶，違背心意地說道。

瞧他那副得意的翹鼻子模樣，或許，他並不是我一開始想像的那樣，只是個有錢人家被寵壞的死小孩啊。

雖然不想承認，但王子早上的種種表現看在眼裡還真的加分不少。

「明明就有！開始愛上我了吧。」他愈說愈開心，雙手接著比出愛心的手勢，樣子超可愛的。

「你這男的真是莫名其妙耶，我哪有說我開始愛上你了啊！」

「沒有嗎？那怎麼在公車上的時候貼我貼得這麼近啊？」

「那是因為……因為……」我被他逼急了，連話都說得吞吞吐吐語意不清，這個臭王子簡直壞透了。

「呵呵，說不出話來了吧，明明就有！」他嘻嘻哈哈地笑開，大步跑在前頭，像是要向全世界宣告般，「小明開始喜歡上我囉！小明喜歡上……」

「哪有，幹麼亂說啦！」

我羞紅了臉，也追了上去，兩人就這樣迎著晨風在灑滿陽光的校園裡追逐起來。他那偶爾回眸顧盼的笑語容顏，以及我飛揚飄逸的制服裙襬，都像是被寫進青春的一首詩裡那般燦爛美好。

直到來到教室前，我們才氣喘吁吁地停下來。他送我進教室時，伸手和我說拜拜，我看見還掛在他腕上的那袋蛋餅，突然好奇起來，「對了，你剛剛不是說已經吃過早餐了嗎？那這袋蛋餅怎麼辦啊？」

他朝我神祕微笑，一個轉身，隨意鎖定了路過的女同學，帥氣地搭訕，「嗨，這個請妳吃！」

「是真的嗎？」

「是啊。」

「妳看妳看，王子送她吃早餐耶。」

「好羨慕唷，我也好希望王子可以送我吃早餐……」

轉眼，此起彼落的少女讚嘆聲充斥在我們教室前排走廊。有沒有這麼誇張啊，我還杵著，王子已經回頭過來回答我剛剛的疑問。

「我是呀，來妳家之前先到附近的星巴克吃了點東西，是滿便宜的啦，也不算難吃！」

星巴克便宜？

我忍不住翻了個白眼，默默收回剛才自己在心裡說過的話。這傢伙，他真的是有錢人家被寵壞的死小孩啊。

6

中午用餐時間，王子突然出現在我們教室門口。明明叫他不要來的，可是看到他英姿颯爽宛若白馬王子般地現身，說真的，我怎麼一點都不意外啊。

「妳看妳看，是王子耶！」

「每次只要看他一眼，我就又重新愛上他一次。」

有沒有這麼誇張啊，這些盲目崇拜情竇初開的少女們。

只見王子無視於班上女同學頻頻投來示愛的目光，直接走向我。「嗨，小明！」

我正在收拾桌上課本，準備到餐廳用餐，「不是叫你不要來，我說了，看到你的臉我會吃不下啊。」

「我知道我長得太帥，所以啊所以……」

邊說，他一邊從背後變魔術般秀出一副貓耳朵造型的髮箍，好傻好天真地向我獻計，「只要戴上這個，應該就不會那麼帥，妳也不會光看我就忘了吃飯吧。」

「我好像沒有說我吃不下飯是因為看到你『那麼帥』的緣故吧？幹麼隨便亂誤解人家的意思啊。」

他聳聳肩，把我的話自動略過當作耳邊風，而且，已經迅速戴上那副毛茸茸的貓耳朵，還非常稱職「喵」地一聲向我撒嬌，當場風靡了我們班上看戲的那群女生。

「哇，王子好帥唷！」

「好想當王子頭上的那頂貓耳朵唷……」說這句話的小姐，妳想太多了吧。

結果，弄巧成拙就是這樣，可愛的貓耳朵加上無懈可擊的漂亮臉蛋，走在路上不僅造成一陣少女們痴狂的騷動，差點癱瘓我們教室前排走廊的交通。大家都想要和貓咪造型的王子合照，連餐廳打菜的阿姨都被他迷倒，硬要給他加菜。

「下次我也要戴個貓耳朵來，看阿姨會不會多給我一塊炸雞！」說話的人聽說叫作賈斯汀。

聽到他自我介紹時，我的耳畔自動響起那首「Baby, baby, baby oohh……Like baby, baby, baby noo……Like baby, baby, baby ooh……I thought you'd always be mine mine……」

旋律還在我腦海嗡嗡響著揮之不去，我已經怔怔端著菜盤走到王子為我安排的座位。另一個王子的麻吉展現紳士風度地幫我拉了椅子，我這才回過頭去看他，心裡想著你又是哪位啊，但嘴邊還是很有禮貌地補上謝意就是了。「謝謝。」

「這個是歐文。」

「喔。」

我忍不住再朝這個幫我拉椅子的歐文看一眼，是個混血兒呢，那張側臉輪廓分明，帥氣吸睛程度簡直和王子不相上下，再加上方才他幫我拉椅子的貼心舉動，更是加分不少呀，「嗨！」

相較之下，擁有主打歌的賈斯汀似乎只能用可愛兩個字形容了，邊這麼想，我的目光只稍一瞄到他，腦海又會自動播送起來，跳針似地複誦著，「Baby, baby, baby ooh……Like baby, baby, baby noo……Like baby, baby, baby ooh……」

「沈、小、明！」要不是這句唐突的叫喚聲，baby, baby唱個沒完沒了的旋律還不知道要反覆個幾遍才會停。

於是，我應聲抬頭，安又琳已經殺氣騰騰地直闖我的視線範圍之內，而且，依照這個速度，兩秒後她就會逼近到我眼前。

一秒、兩秒、抵達！

她站在我面前，雙手環胸，表情不可一世地瞪視我。不是叫妳離王子遠一點的嘛？我看得出來她想這麼說。

抱歉啊，可是，妳也知道那隻自以為帥到掉渣的大貓超級自我的，我根本很難控制他呀。我才要這麼說，王子已經攔在我們之間。

「小明這名字是妳叫的嗎？」他一開口便是毫不客氣地數落，而且還是當著眾人的面。有沒有需要這麼耍帥呀？這傢伙。「你們全部的人給我聽好了，她的名字叫作沈小萌，ㄇㄥˊ，二聲萌，下次別再讓我聽到有人叫錯。」

安又琳面露不悅，卻也乖乖閉上了嘴。

雖然是搶了我的台詞，但還不錯嘛，至少知道我的名字怎麼唸，以後不會再弄錯了吧。正當我欣慰地這麼想，他已經伸手搭上了我的肩膀，「好啦，沒事了，吃飯吧，小明。」

「呃，小明？」我傻眼地重複一遍。「請問，你剛剛還是叫我小明嗎？」

只見他俏皮地瞅著我笑，彷彿方才在眾人面前糾正安又琳的舉動只是一場夢似的。

「對呀，小明。」

我還愣愣的沒有搞懂，他朝我笑得更加燦爛奪目了。

「只有我可以這樣叫妳唷。」

我想，他不僅是被寵壞，而且還很霸道。

「小明小明、小明小明小明小明、小明！」

放學後，在校門口前我被異常開朗的聲音喚住。不用回頭我都能知道是誰，只有王子這種幼稚鬼，才能用小明兩個字串起一首不成調的歌吧。

「要不要跟我們去吃下午茶？喜歡馬卡龍嗎？還是妳想吃蜜糖吐司？季節限定的卡

士達奶油草莓塔也超讚的唷！」

儘管他口沫橫飛唸了一堆，最後我還是不領情地搖頭。「才不要。」

「為什麼啊？蜜糖土司超好吃的耶！」他頗不能接受地傻眼問道。

身為校園最受歡迎的人物應該鮮少被拒絕吧，只是，我是真的不能去嘛，瞥了瞥他還沒接受現實的怔然表情，我補充解釋，「我要去打工。」

「平日也要發傳單嗎？」他問題還真多。

「是麥當勞啦。」但我想這也不是最多的一次。

「唷，好吧，殘念。」嗯，知道殘念就好。

不過，這次被我拒絕，兩三下就立刻退縮的速度也太反常了吧，之前不是還會死纏爛打幾回合才會結束嗎？這麼快就放棄了啊……

罷了，放棄也好，不然成天黏在我身邊無限迴圈「我要追妳」、「可是我不想讓你追」、「明明就開始愛上我了吧」、「哪有，我才沒有喜歡你呢」這類的對話也不是辦法啊。

對王子而言，說要追我應該只是天外飛來一筆的一時興起吧。

「那我們待會見。」

語畢，他旋風般地轉身，撩起一陣空落落的風直吹我心頭，已經走遠的背影和歐文還有賈斯汀嘻嘻哈哈打鬧著，整個青春帥氣的畫面還真是無敵好看，毫不意外地再度迷倒圍觀的眾多女孩兒們。

遠遠看王子還是那麼歡樂的表情，可為什麼我沒有自己預期中的輕鬆愉快？

不知道什麼時候開始習慣了有人在一旁喧騰，身邊突然安靜下來原來也有這麼一點寂寞啊。

我把這份微妙變化的心情歸咎於深秋讓人易感的天氣。拖著稍沉的腳步，一個人等車、一個人搭車，絲毫沒有察覺王子離開前充滿語病的那句話，為什麼都說了殘念還待會見？

「請問是兩份一號餐嗎？飲料是可樂不加冰塊……」

不知怎地，明明是和平常無異的生活行程，心上卻還掛著王子稍早之前那句「殘念」，做起事來甚至招呼客人時，怎麼都提不起勁。

王子他們現在應該在大啖馬卡龍和蜜糖吐司了吧？還有那個什麼季節限定的卡士達奶油草莓塔，那是電視的美食節目上都介紹過，標榜著貴婦們最愛的下午茶夢幻甜點吧，好像很好吃的樣子……

唉，算了算了，都說是貴婦下午茶了，我這種平民少女根本只是幻想嘛。嚥嚥口水，正努力要打起精神，試圖把麥當勞也想像成是我們平民少女界的夢幻餐點，就在這個時候……

「嗨！小明！」

我一個抬眼，竟然滿懷驚喜地發現笑得一臉燦爛的王子，還有歐文和賈斯汀他們站在我的面前，一副等候點餐的樣子。

「妳看到我好像很開心的樣子喔。」他笑著說。

「哪有？少臭美了啦。」

我下意識地伸手掩住緋紅雙頰，真有這麼明顯嗎？再看見他目不轉睛地注視著我，只得心虛地迴避他那灼熱目光，「不是說要去吃那個什麼馬卡龍還是蜜糖吐司的嗎？怎麼會來？」

「比起那些點心，我更想妳。」他話說得由衷，即便只是哄人開心噁心巴拉的甜言蜜語聽起來都悅耳無比。

「而且，不是說了待會見嗎？小傻瓜！」

「誰是小傻瓜呀，噁心！」

「哇，小明生氣的樣子也好可愛唷。」

「這就是傳說中的情人眼裡出西施嗎？她這樣哪算可愛啊？」說話的人是賈斯汀，只要一看到他的臉，我的耳邊中毒般地又自動響起baby, baby, baby……

我搖搖混沌的腦袋試圖清醒，眼神不經意和一旁的歐文撞在一起，他溫文儒雅地笑了，「不會啊，我也覺得她滿可愛的。」

嗯，這個歐文不但風度翩翩還很善良呢，我彷彿都能看見他頭頂上有天使光環了。

「喂，搞清楚，她是我的。」聽到歐文這麼說，王子趕忙跳出來宣示主權。

突然，有個不討喜的聲音硬生生插話，「這裡的東西看起來這麼寒酸，能吃嗎？」

沒錯，那是安又琳嬌滴滴的嫌棄。

她怎麼也跟來了？我皺緊眉頭盯向她，還沒開口，王子已經趕緊搶先撇清，「不是我要帶她來的唷，是她硬要跟的。」

想也知道。上次她就挑明了，要不是因為王子的緣故，她才不屑踏進我們這種平民連鎖速食店的啊。

我裝酷地聳肩，「我又沒問，你愛帶誰來又不干我的事！」

「都不會吃醋的嗎？」他倒是有點失望地咕噥。

而我，話說得可帥氣了。「一點都不會。」

雖然嘴硬地這麼說，但當這群人點餐完畢移駕至用餐區，安又琳又是裝萌又是賣騷地向王子撒嬌，兩個人就這樣你儂我儂玩了起來。我的目光不自覺轉著轉著，還是不受控制地轉回到他們兩個身上，歐文和賈斯汀一副司空見慣的樣子各自低頭滑手機，畢竟他們四個是從小一起長大的朋友啊，只是，在不知情的人看來一定會覺得王子和安又琳是對甜蜜的小情侶吧。

他們是真的很匹配啊。

笑容燦爛帥氣無敵的王子與媲美芭比娃娃般美麗無瑕的安又琳，兩個人根本就是從童話故事裡走出來的王子公主，再加上兩人登對的顯赫家世，怎麼看都是天造地設的一對。

如果今天，王子身邊撒嬌笑著的女生換作了是平凡的我，這樣嚴重失衡的組合應該很可笑吧。

再望了他們一眼，兩人遊戲般地舔著同一支蛋捲冰淇淋，不知道說了什麼，開心地相視而笑，這樣夢幻和諧的畫面簡直就像在拍攝音樂MV那樣吸睛好看。

我獨自在櫃台這邊看得飲料都溢出來了還不自知，反倒是點餐的客人先喊了出來，

「喂，妳的可樂都滿出來了。」

「啊？什麼？」我一回頭，深咖啡色的發泡液體已經灑滿地，弄髒的地板像極了我此刻悵然若失的心情。

「沈小萌，妳怎麼還在發愣？快處理啊，今天妳是怎麼了？一副魂不守舍的樣子！」

值班經理不知道從哪裡冒出來，在我耳邊碎碎唸。我無法專注地聽他訓斥，只是心思還停留在用餐區那邊的情況。這個安又琳怎麼連吃個冰淇淋都不肯安分，這會兒逗弄完了王子，又轉身把冰淇琳當玩具般拿來作弄其他人。

玩耍歸玩耍，可是這樣也太浪費食物了吧！我心裡忍不住這麼埋怨著，結果，這支可憐的蛋捲冰淇淋還真的掉到地上摔成一團爛泥，頓時，大家不以為意地笑開了。

看到這幕，我的惱意逐漸升高。

值班經理一看，扭頭過來交代，「沈小萌，妳把這裡地板擦完順便把那邊也處理一下。」

「呃，好。」我在心裡莫名抗拒，儘管僵著身體，卻也只得硬著頭皮過去。

「真抱歉，誰知道這支霜淇淋品質這麼差，軟趴趴的一下就掉地上去了呢。」

安又琳瞧見是我帶著拖把上前，刻意熱情的表情使我更加難堪，戲謔的語氣裡盡是「付錢的人是大爺」的凌人盛氣。

「那就麻煩妳啦，Cinderella。」

我被她這句 Cinderella 喊得心一沉，拚命努力壓抑幾乎要爆發的惱意。只因為妳是有錢人家的小孩，就能隨便浪費食物，隨便貶低我的價值嗎？

不該是這樣的吧？

邊想，手上緊握著拖把，不小心太過用力沾到了她看來高貴的皮鞋，霎時，她尖叫站了起來，反應劇烈。「幹什麼啊妳！這拖把很髒耶，沾到我的鞋子了啦。」

「如果不是妳打翻冰淇淋，我會需要在這邊擦地板然後不小心沾到妳的鞋子嗎？還有，下次如果妳只想玩耍或是捉弄別人，可以買玩具就好，不需要這樣浪費食物，非洲還有成千上萬的難民沒有東西可吃。」

「妳在說什麼啊？」她抓狂地霍然站起身來。

「沒關係啦，安，妳鞋子這麼多，再換一雙就好了嘛。」王子也跟著站起來，撫了撫安又琳的肩膀，試圖為我緩頰。

「是啊，安，妳該換上最新一季的鞋了，這雙舊了髒了就別穿了，沒有損失。」

但我已經被惹毛了，根本不屑感謝王子和歐文為我打圓場，我鬆下手裡的拖把，挺直腰桿迎上安又琳驕縱傲慢的眼睛，一字一句說得清楚。「我說，如果不是妳打翻蛋捲冰淇淋，我會需要在這邊屈膝幫妳擦地板嗎？這裡不是妳私人的遊戲間，我也不是你們家裡的打掃阿姨，請妳……」

「不好意思唷！」值班經理聽到我們這邊爭執，趕緊上前要把我拖走。「真是抱歉，我們馬上把這邊清理乾淨。」

直到經理把我揪進二樓辦公室，關起門，他才吼了出來，「沈小萌，妳是吃了炸彈嗎？竟然敢頂撞客人？」

而我也不甘示弱，「是她有問題好嗎。」

「我不是教過妳，做服務業的，第一件事就是要學會客人永遠是對的嗎？就算妳再怎麼勤奮機靈，可是沒有學會向客人忍氣吞聲就是不及格！上次也是，竟然讓客人沒點餐就走掉！」

「可是那是因為……」那是因為王子他們那群人只是單純來亂的啊。

「小萌，別說了，妳的個性根本不適合做服務業，即便只是打工。」

為什麼？我明明是理直氣壯的，可是聽在對我頻頻搖頭的經理耳裡都是不被允許的叛逆？

難道從事服務業就沒有尊嚴嗎？我很想問。

「下星期就是月底，妳優先排休，就做到這星期吧。」

就這樣，步出麥當勞的時候已經很晚了，空落落的街頭上只剩我一個人還在這裡。

冷冷的風不斷擦過我倔強的臉龐，我不確定到最後自己有沒有哭。

難過的不單單是因為丟了兼差沒錢可賺，反正已經高三，該要專心念書才是對的，只是，方才被狠狠奪走的僅剩尊嚴和安又琳施予的那種羞辱無法因此得到平衡，才會覺得……

委屈，真的好委屈。

往公車站的方向走了幾步，背後突然多了腳步聲，「妳還好吧？有沒有被罵？」

不用回頭也知道那是誰。

「被罵也不干你的事。」我淡淡地說。

「別這樣嘛，小明。」

「我說過，我的名字叫作沈小萌ㄇㄥˊ，二聲萌。」而且已經說過很多遍了。

「小明妳……」

我倏地停下腳步，一個轉身望向他，情緒不自覺失控。

「不要再叫我小明，不要再纏著我了。你還不懂嗎？我們是不同世界的人，你打過工嗎？你曾靠自己的能力認真完成一件事情嗎？沒有的話就請你閉嘴。」

我一吼完，環繞我們的空氣瞬間降至冰點。

我沒有說錯，我們的確是不同世界的人，那個時候冰淇淋掉到地板上他們不以為意笑成一團的樣子，還在我眼前清晰可見。這就是我們的不同，即便是銅板就可以買到的食物，它就是食物，而不是拿來浪費嬉鬧的玩具。

或許，在他們這些有錢人小孩的眼裡，這都是沒什麼大不了的事情，習慣了被別人服務，認為花錢消費的人就是大爺。但我不一樣，每件事情我都會認真看待並且腳踏實地完成，縱使會被他們這群人輕蔑地視為笨蛋我都無所謂！

他緊抿唇線，不發一語。

而我，再望了他一眼，「別再來找我。」

我正要轉身離去，他一個伸手，攬住了我的手臂。

「我的確沒有打過工，目前也是嘻嘻哈哈地玩樂度日。」

我有點詫異他想要表達什麼，昏暗的街燈底下，抬眼凝視他那深不見底的眸子，有著熠熠閃閃的堅定。

「那是因為，我知道我有權天真的日子所剩不多了，因為未來要接管龐大的家族企業，上了大學就要同時修管理學院和商學院的課，我只是覺得，人的一生中只有一次高中生涯，也只有一次青春啊！」

不知道為什麼，但我沒有開口搶著反駁或是譏笑他，只是就這樣安靜地聽他說。這是第一次他對我說了心底話，坦白而真摯。

「不過現在我最想努力完成的一件事情，就是讓妳喜歡上我。像我喜歡妳一樣地喜歡我。」

最後，他如是說。

7

隔天清早，看見王子和昨天一樣來到我家門口等我一起去上課，我已經沒有這麼排斥了。

「王子同學啊，早安，吃早餐了嗎？要不要一起？」

「要不要進來家裡等啊？外面風大！」

「看不出來你眼光這麼特殊，會喜歡我姊這種……」

最後一句是沈小茜說的，只是，她話還沒說完，半張的嘴巴已經被我塞進一個巴掌大的肉包了。

就這樣，無視於爸媽高規格的熱情款待，也無視沈小茜非常欠揍頻頻質疑王子的眼光大有問題，我趕緊把早餐包子啃完，左手抓了書包，右手拉了還愣在原地的王子匆匆出門，大聲對家裡所有人宣告。「我上學去囉。」

直到踏出家門，我才覺得耳根子清靜了些。應付完爸媽還有沈小茜這個問題製造機，我這才有時間左顧右盼地探頭，「咦？王子，你的腳踏車呢？」

「丟回家啦，今天也搭公車上課吧？」他笑得可愛，甜滋滋的酒渦魅力十足，只稍一個不留意就有可能被他電得神魂顛倒。

是無不可啦。

只是，這傢伙不是為了要親民一點才買了那部嶄新的腳踏車嗎？怎麼才亮相個沒幾秒就被丟回家打入冷宮？也太可惜了吧。

於是，我天外飛來一筆地提議，「那明天一起騎去上學吧？」

老實說，我是很艱難地吐露這句，但是，在聽了他那番真心說出的話，經過昨天徹夜想了整晚，覺得像王子這種有錢人應該也過得不輕鬆吧。

「唷？」他睜大眼睛看我，對於我首次釋出善意的邀約頗感驚喜。

被他看得有些不自在，我趕緊低下頭去，裝忙踢著腳邊的小石子，「不是說高中生涯只有一次嗎？以後等你成為某上市公司的大總裁，每天坐著豪華賓士轎車上下班，才不會感歎高中時代都沒有自己騎腳踏車上下學過啊。」

「小明，妳好善解人意啊……」這傢伙是在哽咽了嗎？有沒有這麼誇張。

他萬分感動的樣子，正要低頭拭淚，又突然想到什麼般地抬眼，很欠揍地說了，「可是，其實我不會騎腳踏車耶。」

什麼？不會騎腳踏車那幹麼還買這麼貴的腳踏車啊？我已經快昏過去了。

就這樣……

「哇啊啊啊啊！」

「嗚嗚嗚呀！」

我想，我一定是瘋了才會想到要教這麼一個嬌滴滴的王子騎腳踏車！

週末的時候天氣超好，我們依照約定，來到我家附近的休閒公園。王子果然非常亮眼地盛裝出場，一身貴族氣息的英國藍連帽運動衫加上白色球鞋，從頭到腳的穿搭都是相同品牌，又潮又帥氣的模樣，就連早晨起來運動做操的婆婆媽媽們都忍不住多看幾眼。

愛迪達真該找他代言才對！

好吧，這不是重點。

我回過神來，禮貌性地向他打了招呼，遞上從我家翻箱倒櫃找出來的越野安全帽和簡易護具要讓他戴上。我知道這兩項裝備穿戴在那身勁裝上鐵定看起來很破舊，但畢竟安全第一，我可不想鬧出人命來啊。

才這麼想，我都還來不及開口，王子已經先伸出手推開，相當帥氣地拒絕我了，「這些東西我都不用，憑我天資聰穎過人，應該兩三分鐘就能學會上路了。」

「你確定？」

然後，就是我眼前看到的這副模樣了。

王子歪七扭八地騎上那輛看來價值昂貴的腳踏車，卻怎麼都找不到平衡點，整條路上的路人看見這個危險駕駛都不禁紛紛倒退三步讓開。

平時帥氣著稱的他，現在可顧不了什麼形象，整路瘋狂飆高音尖叫，就連要停車也抖得像是快要中風似的，直到繞過我的身邊，我俠女般伸手幫他把車身穩下來，再讓他安全下車。

他很沒用地腿軟了。「天啊，腳踏車一定是世界上最具風險的交通工具了，真難想像怎麼有人能夠駕馭得了它！」

要是讓學校迷戀他的那群龐大女性粉絲看到，她們不知作何感想。

「媽媽，這個哥哥怎麼長這麼大都還不會騎車車？」一對母女從我們身邊經過，小女孩稚氣的疑問聽在王子耳裡，不啻是個超有殺傷力的打擊。

「這腳踏車壞了，一定是它壞了！」王子勉強挺直腰桿，話說得特別大聲就是要讓小女孩聽見，「啊，應該是這個煞車不靈，還有輪胎老舊的關係，這輛腳踏車太舊了啦，該拿去修理修理了！」

我忍住笑意，好整以暇地看他吃癟的表情，不是說這腳踏車是新買的嗎？

「事實上，除了步行，腳踏車是世界上最通俗的交通工具了。」雖然這麼說有點機車，卻是中肯的嘛。「其實不難，再練一下好嗎？」

「不要不要才不要！」他賴在老榕樹底下的涼椅上不肯起來，「我為什麼要學這種會危害到生命的交通工具？」

「你真的很誇張耶，知道嗎？我三歲就會騎腳踏車了，三歲！差不多就是剛剛那個小妹妹的年紀，那麼請問你現在幾歲？」

他嘟噥著，滿臉哀怨，一副無話可說的可憐樣。

「明明就長這麼大個兒，怎麼弱不禁風的，真沒用！」

我哼地一聲轉身，故意激他，目的就是要他打起精神來再騎個兩圈也好，殊不知這傢伙如此容易被我的三言兩語激怒。

「至少我會開車就好啦。妳會開車嗎？我十六歲在美國度假的時候就已經很會開車了耶，請問妳現在幾歲？」他站起身來，模仿起我剛剛的語氣開始反擊。

聽到他這麼問，我努努嘴，「那有什麼好驕傲的，開車又不需要平衡感，那不是油門一踩就會自動出發的東西嗎？」

「妳確定？」

這次，換他問我。

「哇啊啊啊！」

「嗚嗚嗚呀！」

這天下午，天氣依舊超好，飆高音的鬼吼鬼叫也依舊引人側目，只不過，場景瞬間從我家附近的休閒公園轉換到台北近郊的小型私人賽車場，並且，一路失控尖叫的高音換成了……

我！

「閃開！快給老娘我閃開！」

真是抱歉了，請原諒我不受控制的粗口，只是在這種萬分驚險的路況下真的會情不自禁地自稱為長輩嘛。

「小明，明明就是個十七歲年輕少女，怎麼開起車來變得像個老太太在走路啊，喔不，連老太太走路都比妳快呢。」

是的，沒錯。

就為了我一句無心的嗆聲，王子這激不得的傢伙硬是把我拖到這個看起來超級適合殺人滅口的荒郊野外，先是在我頭上套了笨重的全罩式安全帽，我連路都快看不見走不好了，他竟然還把我押上了這輛小型賽車上，讓教練過來為我繫上安全帶。

「可是我不會開這個啊。」我都快要哭了。

「是誰說……」他笑咪咪的，用怪腔怪調學起我的聲音說話，「開車又不需要平衡感，那不是油門一踩就會自動出發的東西嗎？」

直到這刻，我才深深體悟到什麼叫「禍從口出」，只不過這一切都太遲了。

根本沒有時間讓我懺悔還是求饒，王子已經轉身，帥氣地甩頭戴上了安全帽，矯捷躍進了我旁邊那輛賽車，當賽車教練拉起了引擎，一輛輛蓄勢待發的賽車不斷擦過我停滯的車身呼嘯而去，我好不容易踩動了油門出發，卻連連撞上賽車場周圍布滿的輪胎安全島。

「小姐，這是Go Car，不是遊樂園裡的兒童碰碰車耶。」

還真是謝謝教練大人的提醒唷，難道我會不知道嗎？

重新返回車道，我牙一咬，努力想殺出一條血路勇往直前。這個時候，不知道繞完幾圈的其他賽車已經從我背後迎頭趕上。眼見自己又要殿後，我乾脆眼睛一閉，整個將自己的生死置之度外，先把油門踩到底再說了！

車身也像是被我激怒似地暴衝，一下子超越幾輛賽車領先。我還沒開始得意，就又撞上了輪胎安全島，樣子慘烈地卡在彎道處動彈不得。

王子放下車速，從我癱瘓的車身邊繞過。「小明，妳在耍寶嗎？」

「你才在搞笑呢。」我沒好氣地瞪他。

他沒發現我在生氣，嚴格來說，應該是他還來不及察覺我在生氣，就又像是風一樣的男子「咻」地駕著賽車遠離了。

接二連三的賽車又咻咻地當我是路障般繞過，只剩下我一個人很糗地還卡在原地。

我現在是真的很需要道路救援哪。

「紅色那位小姐，方向盤向左！我說向左！小姐，妳左右不分的啊？」遠在天邊的賽車教練以大聲公喊話試圖遙控，頓時，看熱鬧的、看笑話的，全部都笑成了一團。

我還瞄到，笑得特別大聲的那個人，就是不知道什麼時候已經抵達終點處的王子那傢伙！

「怎麼樣？好玩吧！」

折騰半天，我好不容易返回終點下了車，王子笑咪咪的，迎面向我走來，不知道到底是誰說過「伸手不打笑臉人」這句話，真是一點道理也沒有，因為我現在真的超想揍這個把我拖來當眾出糗的臭傢伙啊！

我緊抿著唇，故意悶不吭聲。

他望住我還在生氣的表情，眼裡的笑意更加燦爛了，「這個 Go Car 就跟開車是一樣的道理，一樣簡單，一樣不需要平衡感，只要油門輕輕一踩就會自動出發的東西，當然一點都難不倒我們聰明的小明啊。」

他說得誇張，我聽了忍不住有股衝動想捲袖子扁他，卻在出拳的那秒被他攔截住。他就這樣輕易攤開我的拳頭，不知道在我的掌心塞了什麼，我只覺得一陣沁涼湧上心頭。低頭一看，竟然發現是一罐養樂多。

這……哪來的啊？

「趁他們剛剛手忙腳亂在幫妳排除交通事故的時候，我出去外面買的。」

難道是我聽者有意嗎？但我真的覺得他在說「手忙腳亂」和「交通事故」的時候刻意加重語氣呀。

我還在鬧彆扭，一點都不想接受，他還補了一句，「快喝呀，冰冰涼涼的，喝下去氣很快就消囉！」

「你還說！」我還是出手揍他了，心情卻是莫名地好。

見我帶笑的表情，他大手一揮，像摸小動物那樣地摸摸我的頭頂，把我原本柔順的頭髮全部撥亂，「小明生氣的樣子超可愛的！」

「可愛你的頭啦！」

「我的頭確實很可愛！」

我被他逗得笑了。

「小明！」

「嗯？」

「被麥當勞革職的事，已經不難過了吧。」

「嗯，不會了。」

「那就好。真不愧是我的小明，堅強又開朗。」

我笑笑。「你也會關心我啊。」

「那當然，因為妳是我喜歡的女生。」

「可是，如果到了最後我還是不喜歡你怎麼辦？」

「我這麼帥，妳一定會喜歡我的。」

「臭美。」

我們都笑了。

8

我們喝完養樂多從賽車場回來時，已是華燈初上的傍晚。我們在距離我家不遠的公車站下車，附近擺攤的小夜市正好開始熱鬧起來，王子被那邊販賣的喧譁聲吸引住的樣子，看得幾乎忘了眨眼，目不轉睛的。

「那是什麼？好熱鬧。」他伸長脖子問我。

「夜市啊。」我瞄了一眼，不足為奇地隨口說了，「身為台灣人的你該不會沒逛過夜市吧？」

「我不算台灣人，我美國出生的。」

這個時候我才停下腳步來看他，像看珍禽異獸那樣稀奇，「什麼？所以你是真的沒逛過夜市唷？」

遲疑了幾秒，他才默認。

「不會吧？真的假的啊？沒逛過夜市耶！」我還嘖嘖稱奇地感到不可思議，面對我這麼直接的異樣眼光，儘管早就習慣被眾人關注，王子還是顯得渾身不自在。

「什麼真的假的啊，我這樣很奇怪嗎？」有沒有這麼心虛啊？這傢伙連說話都不知不覺大聲了起來呢。

嗯，是真的很奇怪啊。

不過，看他反應這麼大，又想到下午他是怎麼惡整我的，這仇我不報的話，我就改名叫沈小明！

「有點……」我刻意語帶保留地上下打量他，眼神閃過一絲狡猾，「但如果說是不會騎腳踏車又沒逛過夜市，那就更奇怪了。喔不，應該說是稀奇，比保育類動物還要稀奇！」

沒注意到他低垂下來逐轉黯淡的眼眸，我還滔滔不絕地比喻他稀奇程度簡直可以媲美熊貓團團圓圓和圓仔，單憑他那張帥氣的臉蛋和稀有程度，如果住進了木柵動物園，應該能爭得一席之地……

「說完了沒有？」他別過頭去賭氣，只差沒有蹲在地上哀怨畫圈圈了，「小明，妳好吵。」

「生氣啦？」這傢伙怎麼連生起氣來都這麼沒有殺傷力啊，看他這麼落魄的樣子，我都快捧著肚子笑出來了。

他沒回我，只是側臉嘟嘴翹得老高。

「好啦，別生氣嘛，姊姊帶你去逛夜市？」我樣子老練地搭上他的肩膀。

他還是沒說話。

「不去啊？那我要回家囉？」

他有點動搖。

「唉呀，肚子有點餓，我看我先去夜市吃個東西好了，那你就繼續在這裡生你的悶氣囉，拜拜！」

我才作勢要走，他已經比我先跨出步伐，走在我前頭，「是誰說我不去的。」

我是後來才知道為什麼他說自己從來沒有來過夜市。

原本，我只是單純以為，像王子那樣生長在優渥環境裡的有錢人，一定是覺得夜市環境吵雜或不夠衛生高雅，所以才不逛夜市，但其實不完全是這樣的。

我們踏進人聲鼎沸的小夜市裡，王子隨即好奇地四處張望起來，這裡的一切對他而言都顯得非常新鮮而且神奇。

看著他探索世界般地走馬看花，突然覺得身為有錢人家的小孩好像也不是想像中那麼幸福的事嘛。

經過一處賣熱狗的攤販時，他停了下來。

「怎麼了？想吃嗎？」

好歹也算是盡盡地主之誼，我沒等他回答就先掏出口袋的零錢買了兩支熱狗，遞給他的時候，他還怔怔的，沒有反應過來。

「喏，請你吃啊。」他還杵著，我在他面前晃晃那支熱狗，他才知道要收下。

「我很小的時候也逛過一次夜市。」

我還沉浸在番茄醬酸酸甜甜的夢幻滋味裡，壓根沒有注意到他眼裡若有似無的失落感，「是嗎？那你剛剛幹麼傻傻地被我笑？」

「那是因為……」

「嗯？」我舔了舔嘴邊沾到的番茄醬，目光不經意觸及王子他望向遠方的深邃眼睛，他怎麼了？不是帶他來見世面了嗎？怎麼還……

那種失意的落寞表情，一點也不適合總是閃閃發亮的他啊。

我還嚼著麵衣包覆的熱狗，不知怎地，吃著吃著……好像不這麼美味了。

放下手中的熱狗，我小心翼翼地問：「你怎麼啦？」

「我很小的時候也逛過一次夜市，那個時候，是我的保母趁我爸媽在國外出差時偷偷帶我出來的。我說要吃熱狗，所以保母排隊排了好久，我不想站在那裡跟著枯等，就很任性地拗保母說我要先去玩碰碰車。她拿我沒轍，只好答應，交代我玩完碰碰車要在原地等她，我說好，可是其實我沒有做到，因為貪玩，我跑去撈魚，然後……」

不用他說，我都能猜想得到接下來發生了什麼事情。王子說，他自己一個人在夜市跌跌撞撞走了好久，即使嚎啕大哭也沒有人發現他，保母找他找得快要瘋了，最後，因為這件事情，他的爸媽還把照顧他多年的保母辭退了。

「這明明不是她的錯，是我自己貪玩，卻害了她。」

說到這裡，王子的語氣還是略顯激動。

「妳曾經問我怎麼這麼喜歡喝養樂多，是因為小時候保母都會買那個給我喝。知道嗎？說真的，我很難過，因為從小就是保母和我最親近，爸媽不在家的時候，都是她哄我睡覺，送我上幼稚園，陪我去戶外教學的。直到現在這麼多年過去，我都還是很想她，很想念她。」

「那你試著找過她嗎？她一定也很想你的啊。」

「當然有，只是，我那時候還那麼小，根本記不得保母的本名，再加上那次事件，我的家人對我更嚴密保護了，不能去到人多或是擁擠的地方，也不能參加學校的戶外教學，說是為我好，怕我再受傷，其實是他們根本不想我再惹事，如果被人綁架了，他們可是要付出大筆贖金的。」

「別這麼說嘛，你爸媽一定也是希望你能平安長大。」只是，既然被嚴密關照，王子怎麼還能跟我一起上下學擠公車，還在熙熙攘攘的街上發面紙發傳單的啊？那不就還好我沒有把他弄丟，否則我拿什麼來賠呀我！

想到這裡，我忍不住偷瞄他，卻被他逮住，「我知道妳在想什麼，現在我已經長大了，再也不會被他們牽著鼻子走，我有我的行動自由，想去哪裡就去哪裡，他們管不著我。」

這傢伙，怎麼能夠每次都看穿我在想什麼啊？

我有點心虛地低下頭去，默默啃掉已經冷了的熱狗，不知道從哪裡頓時湧來了大批人，潮熙來攘往的幾乎要將王子和我沖散，沒有思考太多，我牽住了他的手。

「這次，我不會讓你走丟的。」

「小明，妳是不是真的很喜歡我啊？不然妳的手怎麼牽我牽得這麼緊？我可是很純情的男人，妳牽了手要負責的！」

直到我們走到人潮較少的地方，王子才開始調侃我。被他這麼一說，我這才意識到自己還牽著他的手，趕緊放掉。

「我哪有喜歡你啊，是因為剛剛人太多，我怕你走散，要是你又不見的話，我拿什麼來賠啊！」

「是這樣唷，我還以為妳是真的很喜歡我才來牽我的小手呢……」

「就說我沒有喜歡你了！」

奇怪耶，我們兩個怎麼這麼容易出現無限迴圈的鬼打牆對話，要是他再繼續開口，我想，我們很有可能直到明天或是後天都還在原地你一言我一語地搭腔下去。

「咦，那是什麼啊？」

所幸，他的目光下一秒就被店家排列各式各樣的抓娃娃機吸引住。我暗自擺了個

「感謝上帝」的手勢。

「玩過抓娃娃機嗎？」

就這樣，雖然是我帶領他進入店家，卻也是我先被裝滿可愛娃娃的櫥窗吸引。

「哇，你看這個黃色小鴨，超可愛的！」

「妳喜歡這個啊？」王子跟著俯身打量，滿臉不解我奇特的審美觀。「嘖嘖，真想不到，原來小明妳也有這麼夢幻少女心的一面耶！」

「什麼夢幻少女心，」我嘟噥著抗議，「我本來就是少女啊！」

「我本來就是少女啊！」王子聞聲，很三八地高聲學我說話，我氣得忍不住想揍他，他這才乖乖收斂。「好啦，不逗妳，想要這個有什麼難，多少錢？妳要幾隻我都買給妳，各款式的都來個一隻也可以，反正我們小明喜歡嘛。」

誰跟你「我們小明」啊，真諂媚。

「等等！」

眼見王子就要掏出千元大鈔，這傢伙會不會太出手闊綽了？他沒聽說過「財不露白」這句俗語嗎，為了避免招搖，我趕緊制止他，要他把錢塞回他的名牌皮夾裡。「誰叫你掏錢出來買了？快收回去！收回去啊！」

這下，換他一臉狐疑，「不用買的，難不成妳要我用搶的唷？」

「當然不是！」我都忍不住翻白眼了，「你沒看到上面寫著夾夾樂嗎？」

他答得理直氣壯，「我中文不好。」

好吧，他是真的沒看到。

總之，換了零錢，這位中文不好的仁兄躍躍欲試地搓手呵氣，一副勢在必得的樣子，我則滿心期待，望著櫥窗裡對我微笑的小鴨鴨，開始幻想今晚摟著小鴨鴨睡覺的情景。我要親吻牠可愛的臉頰跟牠說晚安，改天天氣好的話，我要帶著牠到附近的公園去野餐踏青……

殊不知，浪費了幾個十元銅板，我還是兩手空空地在原地幻想自己和小鴨鴨相處融洽的畫面。

「別著急，剛剛都只是熱身而已！」王子還在搓手，看他試圖逆轉手氣的積極模樣，真不知道到底是誰看起來比較著急。

轉眼間，我們換取的銅板就要用光，他開始不耐煩地碎唸起來。「真麻煩，為什麼不能用買的就好啊？還要在這邊浪費時間抓抓抓！」

「你們這些有錢人就是這樣，總是認為什麼都能用買的，真無趣！」語畢，我把他手裡僅剩的最後一枚銅板搶來，打算自己奮力一搏，「不覺得自己抓到的才有成就感嗎？」

我轉頭回來，專注在櫥窗內的黃色小鴨上，身旁原本滿腹牢騷的王子也跟著安靜了。我們兩個都在金屬夾吊起黃色小鴨的那刻屏息，有這麼一秒就要歡呼出來的同時，希望還是落了空。

「什麼嘛！」

王子顯得不能接受地大叫出來。他掏出皮夾，打算拿出千元大鈔去換零錢，卻被我攔住了。這種遊戲機就是這樣，再玩下去都能買到小鴨了，這樣根本不划算，他沒能聽進去，只是並不服輸的樣子。

「再讓我試一次，最後一次嘛。」

我拿他沒轍，在自己的口袋翻找到最後一枚十元銅板，很可惜的，他還是沒有夾到。

「真可惜。」我對著透明櫥窗裡無緣的小鴨輕輕說。

王子根本不懂我的心情，因為沒有成功，他整個心情超悶，「明明就很喜歡，幹麼不讓我繼續抓啊。」

我留戀地多看一眼，「沒關係啦，都花那麼多錢了，至少我們努力過啊。」

「真不懂妳們女人在想什麼，早說了我用買的不就好了嗎？現在又不要了，只能眼巴巴看著黃色小鴨流口水，真是莫名其妙……」

「喔，你真的好會碎碎唸喔，學校那群死忠迷戀你的女生知道你跟個老頭子一樣超會碎碎唸的嗎？」我埋怨地推推他，「而且，我哪有流口水？」

「那……」他被我說得無言，語塞了兩秒才回嘴，轉移話題，「是我流口水不行唷？外面那個冒著煙的攤販不知道是賣什麼的，超香的，我聞到都要流口水了，不行唷？」

「行行行！」我笑看這王子無賴地反駁，兩人一前一後步出抓娃娃機的店家，「帶你去吃總行了吧？」

然後，我們就這樣聞香來到麻辣魚蛋的攤子前面。

「哇靠，這什麼魚的蛋大得跟貢丸一樣啊？」這王子，不是說自己中文不好嗎？怎麼這下又看得懂中文招牌啦？

我實在是很難跟這個美國出生又宣稱自己中文不好的假台灣人解釋：其實麻辣魚蛋不是真的魚的蛋。只能先趕緊買了一串，直接堵住他超多疑問的嘴巴。

「哇，好燙好燙、好辣好辣，這個魚蛋怎麼這麼呼嚕呼嚕……」

當然，呼嚕呼嚕不是他說的話，只是，我還沒搞懂他到底說的是好燙還是好辣，他便一把抓起我剛剛才買的西瓜汁呼嚕呼嚕灌進喉嚨了。

我頗在意地叫了出來，「喂，這是我的西瓜汁耶，你怎麼能喝我喝過的啊！」

那這樣子不就代表我們……

代表我們……

「小氣耶，借喝一口而已，大不了等等買一杯還妳嘛。」

「又不是！」看著他，我的臉頰頓時「唰」地紅了起來，他怎麼這麼遲鈍啦，還一副狀況外的樣子。

「那是……那是我喝過的耶。」

「對啊，有什麼關係？」他還是不解，問了我一句，接著又大口大口喝了起來。

我無語問蒼天地用雙手摀住了臉，聲音從指縫中涼涼地透出來，「我們，間接接吻了啦。」

不是說沒什麼關係的嗎？

那他怎麼也「唰」地臉紅啊。

10

「嗨，小明。」

「呃，嗨，王子。」

奇怪，明明早上就見過面一起搭公車來上學了，怎麼中午用餐時只稍眼神一不留意與王子對上，就又開始心律不整地驟跳，臉頰倏然發燙啊？

更奇怪的是，他居然也跟著臉紅了起來。

「你們兩個是做了什麼虧心事，怎麼臉紅得跟什麼一樣？該不會已經瞞著大家偷偷達陣……」賈斯汀邊說，一邊做出「十八禁」的曖昧動作。

王子直接伸手去推他的頭，嘴邊微微泛起的靦腆卻揮之不去，「說什麼啊，吃你的飯啦。」

「唷，原來王子也挺純情的嘛。」歐文微笑著，也加入調侃行列。

我默默找了個角落坐下，希望他們趕緊結束這個令人尷尬的話題。

「王子，你昨天一整天去了哪裡嘛，打你手機也不回，害人家想要去吃個蛋糕都不能去。」安又琳人還沒出現，連聲的嬌嗔倒是已經早先傳了過來。

「妳長大了，該獨立啦，下次想吃蛋糕就自己去，ＯＫ？」一邊敷衍道，王子一邊朝我走來，挨著我坐。

「人家就是想要你陪嘛，」她大小姐姍姍來遲，硬是在我和王子之間卡了個位置坐下。「你不是也很喜歡那間店的天使蛋糕嗎？」

「喂，我既不是妳的司機，也不是妳的保母……」

聽到這裡，同桌的賈斯汀和歐文都莞爾笑了。

「什麼司機什麼保母的，人家就只想要你陪嘛！」

「唉唷，幹麼貼我這麼近啦，吃妳的飯喝妳的湯啦！」

或許，在賈斯汀和歐文眼裡，這樣的嬉鬧他們都習以為常了吧，以前只覺得他們兩個就是芭比娃娃和肯尼啊，但現在不知道怎地，看著這樣的畫面，怎麼好像有點……

我心不在焉地嚼著生菜，一股莫名的酸意若有似無地翻攪著，好奇怪的感覺，是不是這個沙拉醬放太久不新鮮了？

「我吃飽了，先走囉。」我沒吃幾口便站起身來。

「怎麼吃這麼快啊？」歐文首先留意到我的臉色不佳，傳來善意的關切，「妳幾乎沒什麼吃耶。」

「妳的漢堡肉不吃啊？可不可以給我？」賈斯汀則只關切我餐盤中的漢堡肉。

「喏，給你吧。」

於是，我把清空的餐盤放到回收的架上，離開了學生餐廳。走在冷清的走廊上，背後突然傳來一陣急促的腳步聲，我帶著期待的心情回頭，原來，是一個二年級學生匆忙從我身邊擦肩而過。

我苦苦地笑了。沈小萌，憑什麼認為他會為了妳追出來？

只是，昨天的歡樂還在腦海旋轉，他騎腳踏車歪七扭八的樣子，我開 Go Car 頻頻撞上安全島的樣子，我們兩個開心喝著冰冰涼涼的養樂多，還有一起去逛夜市抓娃娃，他偷喝了我喝過的西瓜汁，最後我們兩個都臉紅了……

是啊，只不過一起出去了一次，憑什麼認為自己在他心中有些許不一樣？

最後，我一個人死心地放下了曾經燃起的希望，慢下腳步，本來想回教室的，因為不想孤伶伶地坐在座位上發呆，我繞了路線，到圖書館去吧，上星期剛到的書刊還沒有分類整理完呢。

走了幾步路，就聽到有人叫我，而且是那個不知死活獨一無二的叫法，「小明！沈小明！這裡！我在這裡！」

我聞聲，從欄杆邊探頭望出去，王子在樓下校樹前面向我揮手，我從這邊問他，

「你在那裡幹麼？可別告訴我你在乘涼唷。」

「哈，不好笑啦！還不是因為妳！腿短短的怎麼走這麼快？我去妳們教室找不到妳，猜妳去了圖書館，還真的！」

心裡雖然甜滋滋的，但我還是嘴硬地擺架子。「找我幹麼！」

「等我一下唷！」一溜煙的時間，他喘吁吁地跑來我面前。我沒說不等他啊，幹麼跑這麼快。「小明，妳這週有沒有空？」

「要做什麼？不會又是要找我逛夜市吃麻辣魚蛋然後又偷喝我的……」

天啊，我到底在說什麼啊，話一落下我就後悔了。站在我面前安靜聆聽的王子正專注瞅著我，而我也凝視著他，昨天「間接接吻」的曖昧情景又默默浮現出來，不知道是不是我眼花了，可是我真的看到環繞我們之間的空氣轉眼間變成了粉紅色，不知道哪裡飄來了愛心紙片和桃花朵朵都從天而降了啊！

「啊，抱歉！」突然，有個走路不看路的莽撞學生撞到王子的肩膀，粉紅色空氣和愛心紙片才霍地煙消雲散。

「咳。」他清清喉嚨，眼睛不知道該往哪看地發窘，話說得害羞，「我是想要再請妳陪我去練車。」

我則露出一副「你還來啊？」的驚恐表情，昨天那趟 Go Car 害我到現在屁股都還在痛耶。

素有讀心術天賦的王子深知我會錯意，趕緊補上這句，「是陪我練腳踏車啦。」

我再度露出一副「不會吧，你還來啊」萬分驚恐的表情，外加倒退三步。他頗受打擊地抱怨，「喂，妳的表情可以再誇張一點唷，只是覺得，輕易放棄一點都不像我的個性啊。」

好吧，他既然都這麼說了，我也只好點頭答應，並且約法三章，「只是，這次，不能再綁架我去開 Go Car，可以逛夜市吃麻辣魚蛋，但是不能再偷喝……」

「好啦好啦，我知道了啦。」

奇怪耶，怎麼話說著說著，我們兩個又莫名其妙臉紅了。

11

有了前車之鑑，王子這次赴約前來學騎腳踏車的打扮應該會謹慎多了吧？

我才這麼想著，公園突然一陣騷動。我湊熱鬧地上前，竟然傻眼地發現，護具是很重要沒有錯，但這個王子未免也太……

「你幹麼把自己 cosplay 成鋼鐵人啊？」我傻眼地叫了出來。

「喂，是誰跟我說安全第一的啊。而且，我這身行頭很炫很拉風吧？」

對，拉風到我都不敢和他走在一起了。

「喂，小明，妳怎麼愈走離我愈遠啊，等等我啊……」

好吧，撇開他那身有點拉風過頭的鋼鐵人裝扮，說真的，王子這次學騎腳踏車的進度神速，我不禁懷疑他早就在家裡偷偷苦練過，今天約我出來應該只是想展現成果扳回一城罷了吧？

「我真的覺得我騎得愈來愈好，好到都快要跟著風一起飛起來了耶。」他技術純熟地繞過來我的身邊，一副油腔滑調的把妹痞樣，「走，哥哥帶妳去喝養樂多。」

我笑了，真是拿他沒轍，「誰要喝養樂多啊，我要吃冰淇淋。」

就這樣，我們一人騎著一輛腳踏車在城市裡漫遊，今天天氣很好，乾淨無雲的晴空那抹蔚藍非常深，乘風流動的空氣裡溢著淡淡草香以及不知名的花朵芬芳。我偶爾回頭，頑皮地伸手去捉弄正專注騎車的王子，他只是微微噘著好看的嘴唇，像是無聲的抗議，陽光底下，映得他那頭深栗色的蓬鬆髮絲熠熠閃閃的好不耀眼，在迎風上升的氣流中輕柔飄動，我忍不住噗哧一笑。

「你好像在拍洗髮精廣告唷。」

他沒理我，還是心無旁騖直視前方，好認真騎著他的腳踏車。

我卻覺得他好可愛。

不知道過了多久，我們隨興地停下來，就在便利商店前設置的露天咖啡座小憩一下，我們誰都沒有再提起，卻也有默契地忠於自己的選擇，他喝他的養樂多，我吃我的冰淇淋。

寬闊的廣場前，有個正在學騎腳踏車的小男孩騎著三輪車從我們面前經過，王子很是好奇，「為什麼那個小朋友的車子長這麼奇怪？是三輪的耶。」

「這是過渡期啊，一開始，小朋友都是騎四輪的腳踏車、等到他們大一點，爸爸媽媽就會拆掉一邊輪胎，為了訓練騎車平衡感開始變成騎三輪車，再慢慢進化成兩輪的，這樣就會騎啦。」

說到這裡，我有個天外飛來一筆的想法，「聽過一個感人肺腑的故事嗎？是關於三輪車的。」

王子沒有回答，我已經先起個頭了，「很久很久以前，民國初年的那個年代，上海百樂門舞廳老闆有個美麗的女兒，她聰明伶俐、浪漫柔情，因此被眾多名流紳士們瘋狂追求。可是呢，她誰都看不上，只喜歡舞廳內一個樂手。

「當兩人愛得難分難捨的時候，她父親卻逼她嫁給一位駐美大使，她只好傷心地隨夫赴美。她黯然離開之前，樂手交給她一塊錢大洋，希望有生之年再相遇時，作為兩人的信物。

「直到三十年後，她搭機回國，出機場時，看到一個熟悉的身影，當年的情人現在在拉三輪車。坐上車，她眼光泛淚，默默掉淚。就這樣，三輪車直奔百樂門舞廳，一路上兩人沒有交談。

「到舞廳門口時，她問，『多少錢？』車伕回答：『五毛。』

「她打開珍藏的一塊大洋說：『這給你。』車夫猶疑了一下，沒說什麼，便收下錢回家。回到家，車夫看著一塊錢，百感交集，悲從中來，振筆寫下這首世界名曲……」

王子還沒有反應過來，我已經朗朗唱了出來，「三輪車，跑得快，上面坐個老太太，要五毛，給一塊，你說奇怪不奇怪？」

好半晌他都呈現傻眼的狀態，一副不想理我的樣子，但我逕自想成他應該是太過於感動才這麼安靜。

舔了兩口冰淇淋，看他還是沒有想理我的意思，我沒事閒閒打量起手裡握著的這支冰淇淋，又自言自語起來。「這個冰淇淋這麼好吃，怎麼有人捨得拿它當玩具啊？」

「都過這麼久了還記恨啊？」這時他才訕訕開口，知道我意有所指的是什麼，王子唸了唸，「小明好小心眼唷！」

「才不是記恨呢，那個時候你們同吃一支冰淇淋，又……」

我也不知道為什麼，可是他和安又琳在麥當勞兩個人一邊打情罵俏一邊吃冰淇淋的樣子就三不五時浮現在我腦海嘛。

「看來有人在吃醋唷？」他壞壞地笑，「就說妳喜歡我了還嘴硬。」

「我哪有？」一邊反駁，我的視線一邊呼溜地轉到別處。

「還說沒有，表情超心虛的。」說著說著，他把我手上的冰淇淋搶了過來，霸道地舔了兩口。「喏，這樣我也和妳吃同一支冰淇淋了呀。」

同時，我叫了出來，「喂，噁不噁啊你！」

這王子真的超級幼稚的，我剛剛又沒說什麼，他怎麼、怎麼又……

我已經說不出來了。

我說不出來，於是換他開口，得意洋洋地驕傲宣告著，「妳最特別了，是兩次唷。」

「什麼兩次？」還那麼強調。

「那個啊……」他故作神祕地擠擠眉毛。

「哪個啊？」害我也得跟著縮起脖子緊蹙眉頭。

這次，他除了擠擠眉毛還刻意睜圓了眼。「那個那個啊……」

我還真看不懂他擠眉弄眼到底是要表達什麼。「哪個哪個啊？」

「是妳要我說的唷！」最後，看我絲毫沒有慧根猜不出來的樣子，他直接公布答案，「是間接接吻啦。」

「……」一陣無言。

然後……我又臉紅了啦。

愜意的午後時光，太陽暖烘烘的曬得我們好舒服。我們把腳踏車暫時停放在便利商店前，打算到街上走走。

「來來來，大朋友小朋友走過路過不要錯過了！我們這個假日限定的街頭贈獎活動，只要你們是情侶就可以手牽手來參加報名，活動非常簡單，只要兩人一組完成以下關卡，就有機會獲得現在最夯最可愛的黃色小鴨行李箱一組唷。」

王子一聽到獎項，立刻躍躍欲試地說要參加。他推推我，「是妳喜歡的黃色小鴨耶！」

可是那是行李箱耶，我哪用得到啊。除了小時候媽媽曾經帶我到美國去她以前留學的城市之外，我就沒有再出國過了啊。

「不一定要出國才會用到行李箱啊，走嘛走嘛。」他大力鼓吹。我怎麼覺得是他比較想得到黃色小鴨行李箱啊？

「可是我……」

「好嘛，好想要和小明參加情侶限定的活動唷。」

「我們又不是情侶。」

他又來了，「有一天會是的。」

而我冷不防打槍。「但不是今天。」

「雖然不是今天，我還是好想和小明手牽手一起參加情侶限定的活動唷。」

怎麼對話又默默地無限迴圈了啊？為了避免再說著一樣的話，我只好趕緊答應他，「唉啊，好啦好啦。」

「耶！好開心！」他歡呼出來，順勢牽起了我的手。

「好開心就好開心，但是誰說你可以牽我的手的啊？」

「是妳答應的啊。」

我？

我哪有，這位先生，是你聽錯了吧？

真的……有嗎？

12

因為想要我用那個一起參加活動贏來的黃色小鴨行李箱，王子費盡了心思絞盡腦汁，後來才想到要趁國慶日連假策畫三天兩夜的小旅行。他說邀請兩三個要好的朋友共同出遊，就可以用到那個行李箱啦。

直到他興沖沖地向我提議，我才了解到他並不是說說而已，只是……

「你這樣會不會太大費周章了點啊？」

他倒是回答得很堅決，執著的眼神燦亮而深邃，「我就是想看到妳用那個黃色小鴨行李箱嘛，那是我們一起努力得來的耶。」

這麼讓人感動唷，不過……

「呃，我有說我要參加了嗎？即使我ＯＫ，我可沒把握我爸媽會答應。」我刻意這麼強調，就是要讓他知難而退。

畢竟是要過夜的，三天兩夜的時間已經足以讓生米煮成熟飯了呀，我想我爸媽應該還沒有開明到贊成我參加這趟旅行吧，殊不知……

「當然好啊，小萌這孩子就是太認真打工認真念書了，從來都不去玩樂才讓我們做父母的擔心呢，正好去趟旅行放鬆放鬆心情，回來再好好衝刺學業嘛。」

「玩得開心點唷，寶貝。」

結果，不只爸媽急著把我從家門口推出來，連沈小茜也莫名其妙提著行李跟來了。

直到上車，我都還傻眼地難以接受。「為什麼會演變成這樣？」

讓我傻眼的不只這件，等到我們來到高鐵站，原本預計出發的時刻逼近，安又琳才一身雍容華貴地拖著她的超大型行李箱、彷彿要去歐洲滑雪度假十天般亮麗登場。

不是說只有邀請幾個要好的朋友嗎？為什麼你去哪裡她都要天涯海角跟隨著你？我知道自己沒立場揪著王子的衣領追問他，但是，就有種奇怪的感覺浮上心頭，像醋一樣緩緩發酵著，甩都甩不掉。

再望了一眼她的家當，我開口，「確定我們只去三天兩夜喔？」

「對了，我說過了嗎？我們要去小琉球。」

搭上高鐵，王子絲毫沒有安靜下來，一路興致勃勃地和我談天說地，儘管他完全沒有理睬一旁忙著自拍和照鏡子整理頭髮的安又琳，但我就是不想和他說話。

「為什麼你們會想去小琉球啊？」發問的人是沈小茜，對於能夠參與王子親友團的旅遊感到非常榮幸以及興奮。

「這個問題問我就對了，小茜公主，」

直到現在，每每瞥見賈斯汀的臉，那首「Baby, baby, baby ooh……」的旋律還是會在我耳邊旋繞不止。我趕緊轉頭，避免看他的臉，但還是聽到他油腔滑調地回答問題，「因為王子說要策畫個旅行，而且是要去很特別很特別的地方，還是不用買機票出國的那種，我當場就想到這個鳥不生蛋的小離島啦。」

「呵呵，賈斯汀好有趣唷。」有沒有這麼做作啊，沈小茜？

我睨著這妮子笑得花枝亂顫，賈斯汀因此成就感大增，又追加了好幾個冷笑話。這兩個該不會就這樣看對眼了吧？

坐在靠窗座位的歐文偶爾微笑回應，大多的時間還是將視線放在窗外飛逝流轉的風景，王子還沒有放棄地繼續跟我說話，細細碎碎聽得我的眼皮都快垂下了。昨晚為了陪沈小茜研究她該帶哪些衣服去小琉球，到三更半夜才睡覺，現在還真的有點睏了。

「睡一下吧。」

才這麼想，歐文已經善解人意地遞來他的薄外套覆在我的膝上。

「喂，小明是我的，你看你的風景啦。」幼稚鬼王子嫌惡地推走了歐文的外套，硬是把我的頭靠在他的肩上，「要睡也是靠著我睡！」

「你很煩耶。」我側了個身，故意和王子隔了些許距離，逕自戴上耳機聽音樂。

誰要靠著你睡呀，去找你的安又琳啦。

最後，關於自己藏匿心底的那個小在意，我還是沒說出口。

我的微妙心情一路從台北被帶到高雄，出了高鐵站，得知還要再搭車到屏東東港搭船時，安又琳整個臉都綠了。

「什麼？為什麼還要轉搭這麼多交通工具才會到啊？早知道就搭飛機從台北直飛了，真麻煩！」

站在她身後的王子自然而然接手幫她拉行李箱，嘴上還止不住碎唸，「嫌煩還跟！妳再這樣和我們幾個混下去，小心沒朋友！」

「沒朋友就沒朋友，我有你一個就好啦！」說著說著，她便親暱地搭上他的手臂，彷彿他們真是一對戀人般甜蜜。

「不要勾我啦！很熱耶。」

我就站在他們兩人疑似打情罵俏的身影後頭，雖然從來沒有期待有人會幫忙我搬行李，但至少……

「很重嗎？我幫妳。」就連賈斯汀都難得展現紳士風度地幫沈小茜拿包包了，只剩我一個人和我的黃色小鴨行李箱還杵在原地。

發什麼愣啊，沈小萌，這行李妳又不是提不動，幹麼裝弱奢望有人會幫妳啊，這不是妳啊。回過神來，我正要提起自己的行李箱，伸手卻落了空。

歐文早我一步，直接將我的行李接過，露出了儒雅的微笑，「走吧。」

遲鈍的王子這個時候才擺脫難纏的安又琳，回頭看到我和歐文，趕緊慢下腳步來阻隔在我們之間，指著我的鼻子向我說教。「喂，小明，妳怎麼可以就這樣傻傻跟著別的男人走啊，那我呢？那我呢？」

我根本不想理他。

直到抵達小琉球，我都沒再和王子說上一句話，所有兩人一組進行的分組活動我都無不好地和歐文送作堆，反正安又琳黏王子黏得這麼緊，我又何必打擾他們兩個？

「小明，不對吧，我們兩個才是一組的啊，妳怎麼可以見異思遷跑去找歐文？那我呢？那我怎麼辦？」

王子見狀討價還價地追過來，當然，那跟屁蟲安又琳也來了。

「呵呵，王子，你看他們兩個連衣服都穿同樣顏色，怎麼看都是一組的啊，超登對，你就讓她和歐文一起，你和我一起嘛。」

她還緊緊攬著他的手，天氣這麼熱，他們兩個這麼黏怎麼都不會中暑啊？我有點壞心地這麼想。

「什麼超登對！」王子大叫，一個轉身，眼神對歐文示意，「過來一下，Man's talk!」

他幹麼不乖乖和安又琳一組就好了啊，還搞什麼 Man's talk，真無聊！

本來懶得理他，但實在因為嘔氣不想和王子一組，想了想，我於是跟了上去，原本想要表達自己跟歐文一組就好的，卻聽見……

「喂，搞什麼，你忘了我之前的計畫唷，幹麼一直打擾我和小明啊？」

歐文還沒來得及回答，我已經先開口問了，「什麼計畫？」

他們同時回頭，一抹複雜的神情短暫閃過王子眼底，但是很快的，他又恢復燦爛依舊的面容。

歐文唇形微張，本來想要說些什麼的，但已經被王子早一步擋在前面，「沒啦，我是說，好不容易計畫了這個旅遊，叫歐文不要這麼不識相一直拆散我們兩個嘛，我們兩個可是天造地設的一組的唷。」

我不疑有他，只是心裡還在埋怨著什麼天造地設嘛，王子的中文真的很爛耶，不會用成語還硬要說，而且，他還不明白嗎？根本不是歐文不識相地一直要把我們兩個拆開，而是……

「怎麼這麼久？王子你們在做什麼啊？人家都要曬黑了啦！」不遠的集合處傳來安大小姐不耐煩的嬌嗔。

我朝王子投以一枚冷冷眼光，直接越過他走向歐文，「走吧，搭檔。」

「臉色這麼差，不會是在吃醋吧？」玩水上活動的時候，沈小茜趁著空檔跑到我身邊找防曬乳要擦。

我把我的先借給她。「少亂說！應該是暈船吧。」

「暈那麼久？中午搭船妳到下午太陽都要下山了還在暈？」

她不可置信地睜大眼睛，半晌，隨著我揚起的視線，發現我注視著王子和安又琳正熱絡打成一片的景象，她才了解般地湊到我的耳畔，語氣欠揍，「沈小萌，妳也有今天啊？吃醋就吃醋，幹麼不光明正大一點？」

「我哪有？」狠狠瞪她一眼，再把我的防曬乳搶回來，哼，不想借她了。

「唉唷，借我用啦，太陽那麼大，曬黑了很醜耶。」

我無言地瞟了她一記，把防曬乳又遞回去，心裡想著這歐文去買飲料買這麼久，早知道就跟他一起去了，省得在這邊被沈小茜這妮子調侃……

「其實妳也沒什麼損失啊，少了王子的熱烈追求，但那個歐文對妳好像滿有電的唷？他超體貼的耶，妳才一喊渴，他就立刻自願跑去買飲料。」

我沒說話，沈小茜倒是自己湊了過來，用三八兮兮的曖昧語氣說：「怎麼樣？有左右為難的感覺嗎？是不是知道要選擇哪個好？哇，一個是陽光王子、一個是溫柔體貼的紳士男，喔，如果是我的話一定很傷腦筋，真不知道要選哪個好！」

此時，歐文的聲音從背後驀地響起，「在聊什麼這麼開心啊？」

他把飲料遞給我，在我身邊坐下。

「沒事，我要再去擁抱大海了。」沈小茜則對我扮了個鬼臉就轉身跑掉。

還好歐文沒有繼續追問，否則我也不曉得該怎麼回答這個尷尬的問題。沈小茜落跑後，我就一直默默喝著歐文買回來的飲料，東張西望地裝忙看風景看海浪，說真的，我和他並不熟，所以根本沒話可聊。

半晌，他才開口，「妳還好嗎？」

我不自在地咬著吸管，他的眼神像是能夠洞悉人心那樣深切，「我？沒事啊，怎麼這樣問？」

「沒事就好。」他一副雖然沒說破但什麼都看透的模樣頷首。

「王子、賈斯汀、安和我，我們四個從小一起長大，因為都是獨生子女，所以彼此之間的感情都很緊密也很要好，大家都很疼安，對她就像對待小妹妹一樣。」

他將視線挪開，不再直視著我的眼睛，轉望向海上正玩得不亦樂乎的那幾位，眼裡多了些溫柔的笑意，彷彿他們真是他的弟弟妹妹那般親切。

我的思緒停滯了兩秒，所以，翻譯歐文這段話的意思，應該是想要向我解釋王子和安又琳之間看似打情罵俏的甜蜜互動其實沒什麼，要我別想太多的意思嗎？

我哪有啊，我根本沒有想太多好嗎，我一點都沒有在意王子和安又琳肌膚貼著肌膚緊抱在一起騎乘水上摩托車，真的沒有！怎麼這歐文和沈小茜都覺得我悶悶不樂的樣子是在……

吃醋就吃醋，幹麼不光明正大一點？

沈小茜轉身之前那句無心的話語還迴盪在我心頭，猶如漣漪般擴大再擴大，我的眼神還沒有從「王安戀」那邊挪移開來，我卻已經下意識地駁斥掉了。

掠掠短髮，我好刻意大動作地撇開頭去。

呿，我又沒有喜歡他，哪來的吃醋啊！

13

小琉球三天兩夜的第一頓晚餐是BBQ，我們就在villa臨海的露天庭園裡烤肉，雖然在這造景美氣氛佳只稍抬眼便可以望見滿天星光的好地方，但翻攪暗湧的思緒還是一直很古怪。

胸口像被誰擰著似的，起起落落地悄然發疼，儘管知道看了心裡會難受，但總在睜眼眨眼之間，目光緊緊追隨著高調曬恩愛的「王安戀」。

「小明，妳烤的雞翅看起來好好吃唷，是要給我的嗎？」偶爾，王子也會想起被冷落很久的我，嘻嘻哈哈地主動跑來關切。

但我根本不需要他的憐憫。

「誰要烤給你吃啊？」

我裝作毫不在意他的樣子，轉身，剛好歐文就在旁邊，我順勢把剛烤好的檸檬雞翅直接往歐文的餐盤裡放，「歐文，這給你吃，剛烤好的小心燙唷。」

「好呀，謝謝，妳真貼心。」歐文對我笑了，還伸手將我臉龐沾到的炭火髒汙一同抹去。

王子悶著表情眼巴巴望住我和歐文看似親暱的互動，很輕很輕地「唷」了一聲，再也沒有說話，轉身之前那張失落的側臉讓我又泛起一陣心疼。曾經有那麼短暫一秒，我有股衝動想伸手去拉住他，對他說，唉呀，開玩笑的啦，那這隻雞腿給你吃好不好？也是我精心料理的唷。話卻凝滯在嘴邊，突然有一種明明他就在觸手可及的距離，還是好遙遠的感覺。

我到底在幹麼啊我？

「差點忘了，女孩兒們請留步。」

時間再晚一點，等我們夜間探索結束回到 villa，賈斯汀驀地想起什麼地叫住我們三個女生。

「是這樣的，這次真的很開心可以跟三位同遊小琉球，為了表示我們小小的心意，特別準備了小禮物要送給妳們唷。」

不愧是小女生，沈小茜滿心雀躍地睜大眼睛追問：「是什麼？」

「先別問，我只能說，這是我們精心挑選，費了好大一番工夫才弄來的唷。」他神祕兮兮地對沈小茜眨眼，刻意賣關子地要我們三個都向後轉，千叮嚀萬交代，「不能偷看唷！」

安又琳轉身又是嬌滴滴地咕噥。「該不會是 Tiffiny 的限量項鍊吧？那我已經有了！」

我對什麼 Tiffiny 的限量項鍊絲毫沒有興趣，但還是按照他們的吩咐乖乖動作，然後，我感覺到掌心接觸到一陣柔軟，還弄不清楚那是什麼，王子的聲音已然覆上我的耳邊，若有似無地低語，「希望妳會喜歡。」

我稍稍側過視線，撞見他又深又黑的瞳仁，真摯而無瑕。

沒有低頭瞧瞧到底是什麼玩意兒，沈小茜和安又琳早就捏著那團絨毛鬼吼鬼叫起來，「這什麼東西啊？送我都不要呢！」

「說好的 Tiffiny 呢？」

畢竟幻想和現實之間真的差距太大，她們兩個還深陷在地獄般無法自拔的濃濃哀怨裡，而我，掌心呵護捧著這隻胖嘟嘟的黃色小鴨，目光停留在王子身上，他也毫不避諱地凝視著我。

這就是那個時候我們在夜市怎麼都抓不到的那隻。

他是怎麼得到的？是後來又跑回去努力了嗎？還是……

「不用太感動。」顯然是被我瞅得不好意思了，他頗不自在地抿抿嘴唇，說著說著眼神便瞟向別處，「那個隨便抓都可以抓一堆。」

是這樣嗎？那上次我們怎麼會兩手空空走出店家啊？

話還沒有說出口，賈斯汀先拆他的台了，「什麼隨便？我們三個努力了好久耶。」

歐文聽到賈斯汀這麼說，也跟著笑了點點頭，「是的，真的耗了些時間。」

「哪有啊！」王子面紅耳赤地急著反駁，又很忙碌地轉頭過去向他的好哥兒們狂打暗號，「我們不是隨便撈就撈到兩三隻了嗎？」

「我們明明就試了超久，忘了唷？我這邊有手機影片可以看。」賈斯汀根本看不懂王子猛眨眼的怪表情，直接就把口袋的手機掏出來播放給我們看。

果然，就是我們上次去的夜市那間抓娃娃機店面。

「幹麼不用買的就好？」影片裡的賈斯汀也問了一樣的問題。

只見王子帶著一抹意味深長的微笑。「不覺得自己努力得到的才超有成就感嗎？」

那是之前我說過的話。

瞬時，有股暖意湧上心頭，胸口的地方熱燙燙的，就連凝視著王子的眼眶也是。原來他一直還惦記著我喜歡黃色小鴨，從沒忘記過，我卻還對他這麼……

「那影片有什麼好看的？無聊，我要回房去睡覺了！」

「對呀，黃色小鴨？好幼稚的禮物唷。」

這安又琳和沈小茜不知道什麼時候變成好朋友的，兩個人很有默契地你一言我一語，志同道合地一起嫌棄完我的最愛，拍拍屁股打道回房。

「什麼？就這樣？」

賈斯汀依依不捨地望著沈小茜轉身，滿臉懊惱地自言自語起來，「就說了女生不會喜歡這隻肥鴨子的嘛，王子你還不信！」

夜裡，我睡不著，玩弄著黃色小鴨對牠呵呵傻笑了好久，一時興起覺得好玩，拍了幾張和黃色小鴨的俏皮自拍後隨手傳給王子。

「謝謝。」

打上簡短的兩個字，因為黃色小鴨實在太可愛了，我整個人徹底為牠瘋狂，瞧那雙無辜的大眼睛、翹嘟嘟的小嘴巴還有肥滋滋的圓屁股，真不懂怎麼會有人不喜歡牠？

我滿心歡喜地把小鴨帶下床，先放在窗台邊和雞蛋花合拍了幾張照片，又把牠擺在海景浴缸旁邊幫牠拍起寫真集。

「還沒睡呀？」

不知道拍了多久，王子丟了個訊息過來。

「嗯，看著黃色小鴨太可愛了，捨不得睡。」

我回傳完，又陸續幫小鴨換了兩個造型。幫牠戴上了沈小茜的可愛圓帽，一會兒把牠放在陽台的躺椅上，一會兒又把牠放在陽台欄杆上。

「我也是。」

我看完王子傳來的訊息，匪夷所思地自言自語起來，「你又沒有小鴨，是在看什麼看得捨不得睡覺呀……」

「看左邊！」

我還摸不著頭緒，他的訊息又傳來。

我依循提示抬頭，猛然望見他就站在雙併 villa 的隔壁陽台，而且是近在咫尺的距離，那……我剛剛幫小鴨拍照的樣子不都被他看光光了嗎？

還有，他剛才說看得捨不得睡覺的不就是……

登時，我尷尬得眼睛不知道看哪裡好。畢竟，鬧了整天的彆扭，不知道他到底有沒有察覺？

「去走走，好嗎？」

他的聲音好溫柔，像是夜裡這陣吹拂臉龐的海風，而我點點頭，再也沒有什麼拒絕的理由。「嗯。」

就這樣，我躡手躡腳溜出房間，關上門，遇見他也正巧要下樓。

「怎麼不穿多一點？這裡靠海，晚上風很大。」披上了外套，他才發現衣料單薄的我站在風裡微微顫抖。

「沒關係，我怕再回去拿外套會吵到她們睡覺。」

「喏，穿上吧。」他反應自然地脫下外套，伸手要為我套上。

當那冰涼的指尖觸碰到我的臂膀，不知怎地，我下意識避開了。

「連這個機會也不讓我耍帥一下啊？」

搖搖頭，不是這樣的，可是不知怎地，我沒有說出口。

「小明，妳是不是……」

我抬眼，以為他要說些什麼，而他只是欲言又止地又搖搖頭，吶吶輕聲說了沒事，便逕自走在前頭。

和每次都在我身邊嘻嘻哈哈打轉的模樣不一樣啊，是他發現了我今天刻意疏遠的淡漠嗎？抑或是他還在意著晚上我沒烤雞翅給他吃卻故意給了歐文？

我的思緒亂七八糟的怎麼都不肯安靜下來，偷偷瞄他，只見他雙手插在口袋裡走著，因為背光的角度，我根本看不清楚他此刻臉上的表情究竟為何。

他沒說話，而我也沒有貿然開口。

就這樣，我們各懷心事散步到海邊，一片靜默裡，只有夜裡暗湧的海浪拍打著沙灘的聲音，在這光害很少的離島島嶼上，星光意外燦爛，幾乎沒有雲層的深色天空中，散布各個角落的星辰全都一覽無遺，天邊那顆叫不出名字的恆星熠熠閃閃的，像極了鑲在藍絲絨上的碎鑽，真的好美。

只是，現在的我們都沒有心思留戀這樣的星空。

海風一陣一陣不曾停歇地朝我們吹來，吹亂了我的心，也吹亂了我的頭髮。我懊惱地按著紛飛的短髮，卻怎麼也弄不好。

「我來吧。」

他挽起我的頭髮，小心翼翼套上髮束，隨著他的手指滑過我頸際赤裸的肌膚，不知為何，我全身都跟著緊繃起來。

「好了。」

我轉過身，矮了一截的身高正好對上他的厚實胸膛，我轉身太快，他來不及退開，頓時，我們靠得好近。

那雙溫柔的眼眸裡彷彿藏著微光，有一點燦亮凝聚在他深不見底的瞳孔，映出我的倒影。他氣息紊亂，好像連呼吸都變得小心翼翼的。

這個時候好像該說些什麼吧，但是怎麼辦，我的頭腦一片空白啊。

他瞅著我，還是沒有說話，只是，當心情沉澱下來，那雙清澈眸子彷彿不需言語便能傳達思緒直入靈魂深處般的默契。我想，再也毋須開口，他都能明瞭我此刻的心情。

黃色小鴨，我很喜歡。

14

可能前一天舟車勞頓的關係，第二天早上大家都睡得很晚，等到自助式早餐都收了，也只有王子帶著清朗微笑獨自現身。

「早安，小明！」

「早安！」

我朝他微微笑，昨日刻意築起的隔閡已然瓦解，心與心之間的距離好像又更貼近了些。趁著大家都還在賴床，他提議去 villa 大廳租借協力車，說想再到昨天玩水的地方去踏浪。

「這麼喜歡玩水啊？」我笑他像小孩一樣貪玩。

「才不是呢，昨天我忙著監視妳和歐文有沒有偷偷談戀愛，根本沒有心思玩好嗎？」

我微微一怔，所以，他都默默地在注意我嗎？

望見我若有所思的表情，他這才懊惱地敲敲自己的腦袋，「啊，怎麼不小心說出來了。」

「看來有人吃醋囉？」我因此得意洋洋起來，伸手搭上他的肩膀，活脫像個痴漢調戲女高中生似的，「沒想到你這麼喜歡我啊？」

他頓時噤聲，嬌羞的樣子超級無敵可愛。

「愛我愛到視線都沒辦法轉移看別的地方嗎？就連玩水都不能專心了嗎？該不會連昨天烤肉也都忙著看我所以沒吃到什麼東西吧？」

這下他被我搞得有些惱羞成怒，「對啦，就是喜歡妳啦，喜歡到看妳看得目不轉睛的地步，喜歡妳喜歡到每天每分每秒都想和妳在一起，喜歡妳喜歡到想把歐文拖去廁所狠狠揍一頓，氣他為什麼不讓我和妳一組……」

唉呀，這傢伙真的是激不得，上次 Go Car 事件我怎麼還沒學到教訓啊我，他話說得理直氣壯，而且愈來愈大聲，我看再這樣喧譁，這排 villa 的房客都要打開窗戶應和

「嫁給他、嫁給他」了啦。

「好了好了，知道你喜歡我這樣可以了吧，別大聲嚷嚷了啦，會吵到別的房客的啦。」最後，還是我得忙著安撫這暴躁的傢伙，呼，早知道就不招惹他了啊。

就這樣，我們兩個吵吵鬧鬧地來到大廳，為了避免他再說出什麼奇怪的話語，我趕緊把他推向大廳服務台去租借協力車。

只是，沒想到……

「這位大哥，請問，你剛剛說你要借的是一輛協力車、不是一輛腳踏車，對嗎？」

「對啊，協力車和腳踏車差那麼多，我才不會弄錯呢。」

「那為什麼……」

一輛腳踏車停放在我的視線中央，旁邊，一對恩愛情侶正牽走了一輛協力車，說說笑笑地準備出發。

等到我們這兩個傻蛋想到應該要再回頭去換時，櫃台才告知協力車已經沒有了。有沒有這麼巧，剛剛我們目送那輛被恩愛情侶檔騎走的協力車就是最後一輛。

王子聽到，很是憤慨地雙手握拳。「可惡，早知道我就去把他們攔下了。」

我聽了，則是很憤慨外加悔不當初地雙手握拳。「可惡，早知道我就自己去借協力車了！」

他轉頭過來，樣子哀怨，語氣淒涼，「怎麼這樣啊？好像在說我辦事不力的樣子……」

辦事不力？他不是在美國出生的假台灣人嗎？怎麼中文一下子又變得這麼厲害啦？居然還會用辦事不力這種措詞。

總而言之，最終出發的時候，我們兩個好不容易才達成共識，決定共乘。

「你真的會載人嗎？」

搭上腳踏車後座，我還在努力回想，不知道出門前我媽有沒有記得幫我辦個旅遊保險或是意外險之類的。

真不知道他哪裡來的信心。「放心啦，別忘了我有過人的聰穎天資啊。」

呃，但願如此，希望我的那些旅遊保險或是意外險可不要派上用場啊。

就這樣，小琉球單車環島之旅正式啟程，我們騎在蔚藍海岸的環島公路上，迎著沁涼海風，心情跟著飛揚起來。隨意瀏覽沿途景點，什麼花瓶岩、烏鬼洞啊山豬溝的，我們都好奇地一一探訪，就連路邊有老婆婆攬客叫賣的魷魚絲都隨手買了一袋邊晃邊吃。

看我嚼得津津有味的模樣，王子忍不住打趣問：「好吃嗎？」

「嗯，好好吃，這麼新鮮的魷魚絲只有在這樣臨海的地方才吃得到，我彷彿能感覺到魷魚在我口中游泳呢。」

「呵呵！」儘管我這麼浮誇地說著，王子還是笑咪咪的，滿臉天真無邪，「那我想趁妳現在看起來心情很好的時候跟妳說一件事情耶。」

「什麼事情儘管說。」

「其實，」他嚥嚥口水，順便吞下最後一根魷魚絲，「我是故意借腳踏車的，因為這樣就可以跟妳共乘啊。」

「蝦咪？」

「啊？吃完魷魚絲小明妳還想吃蝦子是嗎？」

「……」我無言了。

但是，這顯然不是這一天下來最讓我無言的呀。

真不知道那個傻蛋當初為什麼要處心積慮設局借了一輛腳踏車，他壓根沒有想到小琉球這座島嶼的地勢並不平坦，而是一會兒上坡爬山一會兒下坡靠海的。等我們嚼完魷魚絲逛完第三個景點，這個自告奮勇要當司機的傻蛋已經氣喘吁吁累得癱在路邊了。

「呼、呼，好累呀，等我、等我休息一下，然後我們就可以去海灘玩水了！」

瞧他話都說不好了還想逞強，這傢伙是有沒有這麼要面子啊，我拿他沒轍，遞了運動飲料和面紙讓他擦完汗，便默默站起身來牽腳踏車。

「小明妳要幹麼啊？」

「當然是載你去下一站海灘玩水呀。」

「可是我……」他猛一站起來，又腿軟了一下，身體傾斜差點摔倒。我趕緊扶住他，真不懂為什麼，跟他在一起我還比較像是個男人。

他彆扭地屁股要坐不坐懸在半空中，我只得直接拿起他的手放在我的腰際，登時他漲紅了臉，莫名其妙害臊起來，我真的錯覺我們是不是互換性別了啊。

「快點上車了啦，再晚一點去的話，海邊的陽光很烈的唷。」

「喔。」

最後他只能妥協。當我開始踩動腳踏車踏板，我們又繼續在海風中愜意滑行，似乎都還能聽見背後有個背後靈似的男生哀怨滴咕，「怎麼跟我想像中完全不一樣……」

不知道過了多久，我身後一片靜默，安靜到我都有點懷疑是不是剛剛路上有個坑洞，我的腳踏車一震，把後座的王子不知道給震飛到哪裡了。

回頭一看，他還在嘛，而且，直愣愣注視著我的目光還和我的視線撞在一塊。我趕緊扭頭回來注視前方，還好我技術好，不然我們兩個就要連人帶車地跳海去了。

我的心臟跳得劇烈，他從剛才就一直這樣盯著我的背後看嗎？難怪，總覺得背脊有股涼意透過來。

「小明。」他用軟呼呼的語調喚著我，害我不得不又轉頭回去看他。這次為了安全起見，我乾脆先把車停下。

「幹麼？叫我就叫我，眼神幹麼這麼迷離？聲音幹麼這麼色情？」

「妳好香喔。」

經他這麼一說，我才發現我的髮絲隨風撲在他的鼻息之間，搔弄似地撥撩彼此曖昧心緒，似有一種悸動，在胸口偷偷地鼓噪著、雀躍著，我不知所措地將視線往上挪移，又再度和那雙灼熱的眼睛撞在一起。

我的臉瞬間發燙，轉頭，不知道哪來的動力開始猛踩腳踏車亂衝，連錯過海灘了都沒發現。

「你給我安靜坐好，不准再說些奇怪的話了，知道嗎？」

直至回到學校上課的第三天，我都還是呈現軟腳狀態，倒是這個貌似無辜的始作俑者沒事般整天跟在我屁股後面打轉，就連我的工讀時段，他也把圖書館當成是他家書房似地隨意走動。

他一把搶過我要上架歸位的書籍，堆起滿臉的燦爛笑容。「小明，這書很重的，我來幫妳！」

我卻絲毫沒有謝意，別過頭去自言自語，「哼，還不都是因為你，我才會這樣行動不便！」

「小明，妳內心的ＯＳ好大聲唷。」他還是笑咪咪的，「我有聽見耶。」

「聽見又怎樣，那天回程搭高鐵回來，某人以為我睡著了，大肆吹噓，炫耀他騎腳踏車，載我非常浪漫迎著海風環島踏浪一圈這件事，我都還沒和他計較呢。」

「什麼？被妳聽到了？小明，妳幹麼裝睡啊？」他頗為吃驚的樣子，但怎麼絲毫都沒有心虛的樣子呢，「可是，真的是我載妳回到終點的啊！」

這傢伙，還敢說呢！

那天，要回到 villa 前，他突然大喊「停車」，害我以為自己輾到什麼阿貓阿狗，趕忙緊急煞車。沒想到，他跳下車擋在我前面，一副已經恢復體力般的精神奕奕，彷彿先前那個軟腳的沒用傢伙根本不是他。

「換手！換手！換我載妳！」

他這麼熱切的盛情讓我有些難推辭，不過，我指指前方不過十公尺距離外的我們那間 villa，「可是就要到了耶。」

「我突然有體力了不行唷？快啦，讓我載妳！」突然有體力就突然有體力嘛，幹麼大聲起來啊，這傢伙簡直莫名其妙！

「好啊，喏，讓你載。」

就是這樣，我整個好傻好天真地中了這傢伙逞英雄的圈套還渾然不知，看他拍著胸脯那麼男子氣概地對大家宣告是他「從頭到尾」載著我兜風的樣子，呿，真幼稚……

但是為什麼我又忍不住覺得他好可愛？

「是啦是啦，嚴格說來，的確是你『從頭』和『到尾』載我的嘛，請注意我的說辭唷，是只有一開始的『從頭』和回到 villa 門口那段路的『到尾』！」

為了保住王子他人如其名的尊嚴與驕傲，他已經整段自動略過地逕自走到我前頭，沉溺在自己的世界裡，「這書是要擺在這邊才對的嗎？嗯，讓我瞧瞧這編號……」

好吧，就讓他自己待在他那充滿書籍編號的小世界裡吧。推車上的書本都整理得差不多了，應該還有些空檔可以拿來背些單字。因為連假去了趟小琉球，原本規畫溫書的進度都落後了呢。

心裡才這麼盤算著，我屁股一坐下，單字卡都還沒有翻開，一句歡快的問話便落入耳邊，「要念書啦？是要念英文嗎？要不要我教妳，這科目可是我的強項唷，要是數理的話我可不行了。」

唷，是這樣啊。

於是，我拿出數學題庫擺在他面前，「那就乖乖算你的數學，別吵我。」

想當然爾，要他乖乖的別吵我？那只有三個字，不、可、能。

我只能說，如果他肯乖乖聽我的話，那他就不叫王子了。

「a cloud on the horizon，horizon，h-o-r……」

沒錯，我還背不完一句俚語和單字，旁邊急於表現的智囊團就趕緊出聲音，「horizon？h-o-r-i-z-o-n，對吧？」

問題是，我有問他嗎？

「你！」我抬起頭，用發怒的目光狠狠瞪向他，語帶威脅，「要待在這裡的話就給我閉嘴，否則，a cloud on the horizon，你知道意思的！」

語畢，他朝我相當鄭重地點點頭，比了個在嘴巴拉鍊拉上的動作。

很好，a cloud on the horizon，大難臨頭，這句我想我應該忘不掉了。

兩三分鐘過後，在我努力默背單字兩眼昏花的視線裡默默出現了一張字條。

「嗨，小明，我還在妳的身邊唷。」

我側過臉，視線正好落在他瞅著我猛笑的帥氣臉龐上，應該是吃飽太閒的關係，他還特意加上了俏皮的愛心手勢，一邊朝我眨眼示愛。

「無聊。」我故意視而不見，回過頭來繼續要背我的單字，卻按捺不住心裡微漾的甜蜜，在嘴邊抿起一抹笑意。

「好、喜、歡、妳。」

看著他陸續默默遞來的小字條終於拼湊出一句話語，他怎麼每次都這麼巴不得要宣告世界般高調，都不知道這樣我很尷尬的。

「喂，你再不好好……」

我轉頭過去，原本想要板起面孔凶巴巴訓斥他一頓的，而他正巧湊了上來，對上那雙飽含情感的深邃眼睛，我彷彿跌入他瞳孔深處的黝黑，瞬間頓住。

「能和小明在一起念書，」他把書本立了起來，不讓別人看見我們近得幾乎一個俯身便能親吻的臉龐，他在我耳邊輕輕說：「真的好幸福唷。」

16

「又是南瓜濃湯？」

起初我壓根沒有發現，等到媽媽不知道煮了第幾鍋南瓜濃湯，走到哪裡都能夠看到大大小小的造型南瓜才遲鈍地聯想到，啊，快到萬聖節了。

媽媽指了指廚房角落那只看起來尚未拆封的大紙箱，「唷，對啊，公司團購嘛，我就想說也湊個熱鬧買了三箱，就快吃完了，還剩一箱！」

「呃，還有一箱啊……」

不只家裡，就連學校這邊也是過節氣氛濃厚，走廊布滿了大大小小可愛的萬聖節裝飾品，社團教室前排有一尊不知道是誰裝扮的死神，據說他有時候還會追著經過的同學跑，那些被追逐的同學驚恐或是被嚇到的超經典表情通通會被拍下來，貼到校園公布欄，成了這個節慶最惡搞的整人娛樂。

不過，最令大家雀躍的應該還是安又琳她家一年一度的盛大派對。畢竟是美國學校的關係，辦派對的風氣非常盛行，加上又是萬聖節派對，人人都想受邀。

除了我以外。

「嗨，Cinderella！」

才這麼想，下一秒安大小姐便出現在我眼前，直接了當攔住我的去路，燦爛到刺眼的笑容足可說明她的誠意。

呃，姑且算是誠意吧。

總而言之，她遞了那張人人都想得到的精美邀請函給我。說真的，我很訝異自己竟然會受邀，畢竟，憑我和她之間結怨交惡的程度，就算一同去了趟小琉球之旅也沒有改善到哪裡去啊。

而她彷彿能夠看穿我心中的懷疑，「別太感動，只是因為妳是王子的朋友，不想對妳太壞。」

唷，是嗎？

她高傲地轉身，走沒幾步又突然想起什麼般回頭，「對了，妳也可以扮演Cinderella這個角色嘛，反正妳本來就是，呵呵。」

還說不想對我太壞，我忍不住睨了她一眼。

她沒有看到，已經蹬著名貴的皮鞋就這樣走掉，身邊路過的同學都揚起了羨慕的眼光集中在我身上，嘰嘰喳喳的耳語好大聲，「好羨慕她，竟然可以得到邀請函耶……」

其實我並沒有這麼想要啊。

眼巴巴瞪著手裡這張邀請函，心想沈小茜應該會滿想參加這個派對的吧，不如就把這給她？

我點點頭，已經這麼打定主意。才正要把邀請函塞進口袋，倏地，背後颳起一道氣流，再眨眼定睛之際，王子這傢伙和賈斯汀、歐文已經好整以暇地站在我面前對我笑。

這幾個是說好了要輪番上陣的嗎？怎麼才走了個安大小姐又來了這幫王子，是有沒有這麼巧啊他們？

「嗨，小明，妳也收到了安又琳他們家的派對邀請函囉？妳想要扮什麼啊？」

好吧，既然王子這麼開門見山地問了，那我就攤手直白地坦承，「說真的，我不打算去。」

「為什麼？」他好失望。

「為什麼？」我也不知道我不去派對干賈斯汀什麼事，他問的語氣簡直和王子如出一轍，我們什麼時候變得這麼要好了？

「我本來就不適合參加這種活動啊，據我所知，萬聖節應該是小朋友扮成可愛的各種角色或是人物，去挨家挨戶地要糖果，而不是一堆年輕辣妹趁著這個節日辦派對，戴上豹紋耳朵和黑網襪賣騷啊。」

大概是我言之有理，王子反而找不到理由反駁，他不死心地嘟噥著，「可是我還是很想要妳去。」

我還沉默著沒有妥協，他望住我的眼睛，彷彿看見了我某種堅定意志，突然做了個任性的決定，「不然，妳不去那我也不去了。」

我嘆了口氣，怎麼每次到了最後都還是變成我要哄他啊，「別這樣，你不去，整個派對就遜掉啦，想想，安又琳是公主，她會需要你這個王子的。」

「我的公主又不是她。」他凝視我，篤定的眼神好清亮，「是妳。」

又說這種讓人腿軟頭暈的甜言蜜語了。賈斯汀聽了，在旁邊搞笑拉起歐文的手，有樣學樣地模仿起來，「我的公主又不是她，是妳。這招不錯，學起來，下次對我的小茜公主說說。」

歐文則毫不留情地甩掉他的手，「這話要說得真誠才動人，你這麼油腔滑調的不適合。」

「喂，看著我的眼睛，我整個超誠懇的耶。」

是的，一定是王子的話說得太動人，我居然就這樣開始考慮起來，語帶保留。「我不知道耶……」

「好嘛好嘛，去啦……」見我有些軟化，賈斯汀跟著旁敲側擊地說服，「妳去了，說不定小茜也會跟著去。」

原來他的目標是沈小茜啊，難怪嘛，我就在想我們兩個什麼時候變得這麼要好，這隻狐狸，終於露出你的狐狸尾巴了喔。

王子一副沒空理他的樣子把他推開，表情還是很任性，「如果妳不去的話，我也不想要去了。」

「如果王子不參加，那些衝著王子參加的眾多女們恐怕就沒有這麼踴躍，安又琳很有可能因此辦不成派對，那麼，到時候誰會成為眾矢之的呢？」賈斯汀說著說著，非常刻意地拉長了語氣，意有所指地朝我身上看過來。

氣氛瞬間轉冷，我連脊椎都逐漸發涼。是想嚇唬我嗎？想要沈小茜參加派對也不需要來這招，頂多我把我的名額和邀請函轉讓給沈小茜就好嘛，反正我本來就想這麼做了。

「去嘛，大家都很希望妳這個新朋友可以參加，讓我們有個機會可以更認識妳。」

就連歐文都難得主動邀約地開金口了，望著這三雙正瞅著我的眼睛，閃閃發亮充滿誠懇期盼，我內心天人交戰。

「咦，沈小萌，聽說妳也收到安又琳她們家的派對邀請函唷？依妳這麼孤僻又低調的個性該不會不去吧？好嘛好嘛，去啦……」

當天稍晚下課回到家後，沈小茜一見到我便立刻湊過來在我身邊打轉，滿臉熱絡地幾乎要對我搖起尾巴。我才心想這下鐵定沒好事時，她就開口了。

我嚴重懷疑他們幾個有串通的嫌疑，不然怎麼連說服的台詞都一字不改地將近百分之百雷同啊？

她還對我眨眨眼睛裝萌賣乖，一副在等我答覆的模樣。真是抱歉讓她失望了，我轉身，逕自上樓走回自己房間。

「這樣的派對只適合妳們這種芭比娃娃參加，至於我，」我放下書包，書桌上的小立鏡倒映出我再平凡不過的樣貌，「就算了吧。」

不知道為什麼，沈小茜超激動地衝到我面前反駁，「幹麼這麼妄自菲薄啊！」

被她說得有點懊惱，我轉開視線，不去看她那張和我天差地遠的精緻面容，盡量不要把話說得聽起來太可憐，「本來就是啊，像我這種外型普普的女生本來就不應該……」

話還沒有說完，沈小茜已經脫口而出，「是誰說妳外型普普的？我那麼美那麼正，而且還被整個同年級男生票選為最哈的女生前三名耶，我們是同個父母生的，就不信我姊能差到那裡去！」

儘管她說得這麼憤慨，我卻絲毫沒有受到感動，涼涼地伸出手來指向自己鼻子。「就這裡啊。」

「妳，給我過來！」

既然感化不了我，她很沒氣質地翻了個大白眼，沒大沒小地捲起袖子，把我強壓到她房間的化妝台前，七手八腳翻出她所有家當攤在桌上，開始拿起她的粉撲撲向我的臉。我被化妝品濃厚的粉味嗆得連咳幾聲，在粉霧瀰漫的鏡子前面，我偷偷閉上眼睛祈禱，但願人家常說化妝是最大的詐騙手法這件事是真的，阿門。

「小萌寶貝、小茜寶貝！吃飯囉！」

晚餐時間，媽媽煮好飯在樓下叫了半天都沒人理她，她索性自己跑來抓人吃飯。她杵在門邊，先看見了我，然後很狐疑地問沈小茜，「咦，小茜寶貝，妳帶同學來家裡玩唷？長得很漂亮喔。」

「啊，什麼？」

沈小茜還埋首在她的化妝品堆裡找棉花棒沒有抬頭，而我也跟著觀望四周，什麼同學？在哪裡？

「那我先去叫小萌寶貝吃飯好了。」見我們沒人理她，她又自言自語地走向隔壁我房間敲門，逕自揚聲喚我。「小萌寶貝，吃飯囉！」

我和沈小茜對望了一會兒，她已經先爆出一聲大笑，我隨後搞清楚狀況地叫了出來，趕緊向媽媽揮手示意，「媽媽，我在這裡啦！」

所以，是我向上帝許的願成真了嗎？

「妳……妳真的是小萌寶貝？」媽媽目不轉睛的懷疑眼神真是讓我哭笑不得，真不曉得是她把我生得太失敗，還是沈小茜的化妝術太成功了？

「對啦對啦，是我啦！」自己生的女兒都不認得，我看媽媽真是世界第一人了！

媽媽還是拿著半信半疑的眼睛開始質問起來，「妳的生日？」

「三月二十九日！」

「血型？」

「O型！」

「妳爸妳媽的名字？」

「沈大鵬、洪娜娜。」

媽媽聞聲衝了上來，不知道是在演哪齣戲地掀開了我的短髮，赫見我耳際後面的紅色小胎記，情緒激昂。「妳真的是小萌寶貝？」

「是我。」我也只好意思意思地配合灑下兩行清淚，「媽，我是小萌啊！」

「妳們兩個玩夠了沒？」

沈小茜已經看不下去了，她很是無聊地抹抹手，無視於我們母女重逢相認的感人戲碼，準備收工，「玩夠了我要下樓去吃飯囉。」

類似的戲碼應該不會再上演了吧？我才難得樂觀地這麼想，只是，到了萬聖節派對那天，呃，又尷尬了。

眼見時間差不多到了，沈小茜幫我化妝變身完畢要我先到門口去等王子他們幾個。我出了門就站在家門邊，沒幾分鐘，王子和賈斯汀先下車，卻視我為無物地自動掠過。

不會吧，又來了？

「咦，小茜公主，妳姊呢？怎麼沒有跟妳一起出門？」

我才想著該怎麼上前相認，沈小茜開門走出來，賈斯汀已經很欠揍地問了。

眼睛不知道看哪裡，我很尷尬地發出乾澀喉音，悄悄舉手。「我在這裡啦。」

「小明？是妳？」王子回過身來看我，眼睛瞪得又圓又大，難以置信似的。

「對啦對啦……」

不自然地扯扯超短黑色蓬蓬裙，都是沈小茜說什麼今天我的主題就是女僕系灰姑娘，所以一定要穿這個蓬蓬裙搭配蕾絲滾邊小圍裙。面對王子、賈斯汀還有歐文上下打量的緊迫目光，我真的超想死的啦。

「怎麼樣，我姊很正吧。」沈小茜在一旁得意地邀功。

「喂，小明，妳既然可以這麼漂漂亮亮的，那平時幹麼把自己弄得那麼糟啊？」

這難道也算是一種讚美嗎？

大概是看到我額頭在冒汗了，歐文很貼心地為我解圍，「不會啦，她是今天有今天的美麗，平時也有平時的可愛。」

「呵呵，安又琳一定想不到她開玩笑指定的灰姑娘造型也可以這麼正。」說著說著，沈小茜親暱挽了賈斯汀的手臂，他為她打開車門正要讓她上車。

我這個時候才很遲鈍地注意到，「喂，沈小茜，妳上車是要去哪裡啊？」

而且還穿得這麼辣，化了濃艷超齡的妝，要是不說，一定不會有人猜到她的實際年齡其實還未成年。「不要告訴我妳穿這樣是要搭便車去巷口超市幫媽媽買醬油唷。」

「誰會穿這樣去巷口買醬油啊？我當然是跟你們一起去參加安又琳她家的萬聖節派對呀。」

儘管她話說得理所當然，而我還是傻眼了，「所以，這就是妳這麼積極要幫我變身的陰謀？」

「什麼陰謀？說得那麼難聽，只是王子給我這個專屬造型師的小小報答嘛，反正，就算不用邀請函他也可以大搖大擺踏進安又琳的派對啊，那乾脆不要浪費，轉讓邀請函給我嘛，要知道，一年級就有資格參加的人並不多好嗎。」

直到上了車，我還是有一種被騙的感覺啊。

前往安又琳她家的路程上，沈小茜都很忙地和賈斯汀還有歐文玩自拍，這妮子！簡直天生就是合適跑趴的體質，不像我，儘管坐在車裡還沒有踏進派對會場，就已經開始坐如針氈，一下子拉拉略低的領口、一下子扯扯超短的裙襬，怎麼樣都很不自在，甚至還因為不習慣腳底踩的高跟鞋，一下車就出了洋相，被高跟鞋絆住差點踉蹌摔倒。

「小心。」是王子及時扶住我的。

我一抬眼，便觸及那樣深邃的眼眸，不知怎地，我們兩個都有點尷尬，我只能默默轉移視線，迴避掉他目不轉睛的灼熱眼神，「不、不好意思。」

「沒關係。」

他幫我整整那礙眼的蕾絲滾邊小圍裙，在我耳畔邊低喃，「小明，妳真的好美。」

「哇，超豪華的，簡直就是美國影集比佛利山莊的場景嘛，他們家光是泳池就足足要比我們家車庫大上好幾倍。」

還沒進到安又琳家裡，沈小茜已經頗感驚奇地嚷嚷起來。

「王子，你們來啦！」

身為派對主人的安又琳豔光四射地出現，一見到我，雖然眼神充滿不屑，倒也算是禮貌地打了聲招呼。「嗨，Cinderella。」

我感動得都要痛哭流涕了，她居然認得我耶！

「王子你看，我今年扮的是貓女唷。」沒有太多空閒理會我，她已經轉向王子，指指頭頂上那對貓耳朵，賣弄地擺出迷人姿態，「性感嗎？」

「啊？妳不就每年都穿得一樣，只是去年是豹紋耳朵，因為去年妳扮的是豹女郎、前年是兔子耳朵，因為妳扮的是兔女郎……」

由於王子不解風情的這席話，我們都笑開了，他說的也不無道理啊，要是安又琳今天頭頂上裝的是扮演牛魔王的牛角，那才夠別出心裁夠吸睛呢。

安又琳哼地一聲轉移話題，又不死心地拉著王子介紹今年的點心和調酒她有多麼用心準備。對了，她還請到頗有名氣的型男魔術師，將在今晚壓軸表演超炫魔術。

賈斯汀領著沈小茜穿梭在人群裡，隨著音樂跳起舞來了。這兩個跑趴體質的傢伙彷彿這裡是自己家裡那樣玩得相當高興，而歐文則是巧遇認識的朋友，在泳池邊小酌。

「小明，在發呆啊？」

王子不知道什麼時候擺脫安又琳的，來到我面前對我晃晃手。他並不知道在這樣喧騰的派對場合裡我其實有點不適應，「要不要喝點什麼？」

我無助地點點頭，望著他走了兩步的背影，又叫住他。

「果汁就好，我……還不能喝調酒。」我吞吞吐吐地補充。

這樣會不會被認為太落伍啊？但媽媽交代過，還未成年就不能碰酒嘛。

「好女孩，我知道。」

18

前來參加派對的人們大多是同校學生，他們各自穿梭於人群裡談笑風生，泳池畔的DJ正播送著好聽的西洋歌曲，這樣迷人的場景氣氛真有幾分像是沈小茜說的，好像國外電影裡私人派對的感覺，既時尚又精緻。

我沿著柔黃色微微閃爍的燈光走，踏進了巨大皓白水晶燈照亮的整座大廳，獨自瀏覽安又琳家裡高貴典雅的裝潢，細細欣賞牆上一幅幅排列的畫作，再再顯示他們的非凡身家。

坐在昂貴真皮沙發上喝著香檳的女孩們，有幾個看起來不像我們學校的女生，但是她們都很美，美得像是電視上的明星或是模特兒那樣遙不可及。

倚靠大片落地窗，黑白相間的大理石吧台備有豐盛精緻的西點，無論是那銀盤上盛裝的小蛋糕或是細緻瓷盤裡的魚子醬，都看來令人垂涎三尺。

看著這樣猶如藝術品般的高級料裡與擺盤，我沒有來由地突然想到王子曾經很欠揍地說星巴克滿便宜的也不難吃，至今才能全部理解為什麼他會這麼說了。

「妳應該就是沈小萌吧？」

我聞聲回頭，背後站著幾個女生正上上下下打量著我。她們剛剛不是還在沙發上討論名牌包包的嗎？怎麼現在都跑來這裡啦？

因為和她們不熟，而且實在沒有交集，於是我只禮貌性地向她們微微笑。原本想要默默退開的，卻莫名其妙被圍堵。

「妳這件洋裝樣式滿好看的，是什麼品牌的啊？」

說完，問話的女生便毫不客氣地伸手搓搓我身上的蓬蓬裙材質，那寫在臉上的苛刻表情卻和她脫口說的「好看」有著嚴重出入。

略微側身，巧妙地讓我的裙角衣料滑開她挑剔的指尖，我還保持著風度微笑，

「呃，我不是很清楚，是我妹借我的。」

另一雙犀利的眼睛盯上了我手上的手拿包，話說得沒有剛剛搓揉我衣料的女生來得客氣，字字句句開口閉口都是挑釁意味。「那，這個包包呢？從來沒看過的牌子，該不會是人造皮革的吧？」

「這我就不曉得了。」話說回來，她們手上握著的那幾個精巧晚宴包我也認不得是哪家知名品牌啊，有必要這麼咄咄逼人嗎？

「什麼不曉得，明明就是便宜貨，說不定還是路邊攤呢！」

「好庸俗唷……」

「對呀，要是我才不敢拎上街，何況是來參加派對！」

「安就是太好心了才邀請她來參加的啦。」

她們妳一言我一語地交頭接耳，不時掃視過來的輕蔑眼光像要剝開我衣服那樣的直接，一股寒意自我的腳底直竄而上，我不自覺微微顫抖著身體，不懂為什麼自己要站在這邊承受這些言語的凌遲與侮辱。

退到窗邊，薄透窗紗半掩的偌大落地窗外，王子正和安又琳在喝香檳，她親暱地在他耳邊不知道說了什麼，然後他好看地笑了。

有幾個看起來像是他們共同朋友的人向他們打招呼，舉杯致意，一整群人說說笑笑的，氣氛是這麼地熱絡融洽，而這裡，只有我一個人格格不入。

「失陪了。」我想要掙脫，一個抽身欲離，嫌棄我包包的那個女生不小心將酒紅色飲料灑在我胸口。這時，原本潔白純淨的蕾絲圍裙染上大片難看汙漬，如同我此刻當眾的難堪是如此深刻而明顯。

「啊，真是抱歉，這麼漂亮的一件洋裝就泡湯了耶，一件多少錢？我賠給妳啊，要賠兩件三件都可以，反正一看就知道是廉價的東西。」

「哈哈……」

在她們驕縱的放聲大笑中，我轉身走掉，掩著衣料濕透的胸口來到洗手間試圖洗淨。這個時候，才注意到我連髮尾都被潑濕了，稍早之前沈小茜幫我吹捲的頭髮早就濕答答地貼在臉龐兩側。我看了一眼鏡中這活像個落湯雞的自己，真的好狼狽。

還沒整理完儀容，一聽到有人推門而進的腳步聲，我便躲進廁所隔間裡，手上還沒有停止抽衛生紙擦拭的動作。沒有想到，門外的女生還在議論我。

「喂，妳有沒有看到那個沈小萌來了？」

「有啊，她穿的是滿好看的啦，不過妝也太濃了吧？平常看她一副好學生的清純模樣，原來私底下是這樣！」

「聽說她和王子一起來的耶。」

「可惡，她到底是哪裡好嘛，本來以為王子對她只是玩玩的，沒想到她這麼不要臉，一直霸佔著王子，真是太過分了。」

「我看她不只想要霸佔王子，還想認識更多有錢人！看她裙子穿那麼短就知道了，真風騷！」

「裙子穿那麼短有什麼用，一看就是個沒有質感的次等品！」

「哈哈，好過分唷！」

「本來就是嘛，我有說錯嗎？」

大概只是進來補妝的而已，沒有多久就聽到她們蹬著高跟鞋走掉的刺耳腳步聲。我從廁所隔間走出來，怔怔望著鏡中的自己。

原來，在她們的眼裡我竟是如此不堪。

那為什麼我還要待在這裡自取其辱？

深吸一口氣，強忍眼眶底打轉的淚，我要自己堅強一點，拾起了手拿包，努力對鏡子裡的自己擺起笑容。即便那是用盡最後一絲氣力和尊嚴偽裝的都不打緊，我只能拚命告訴自己，不要哭，不准哭，在意的人就輸了，沈小萌妳不准輸！

推門直接往外走，經過客廳，還能聽見她們尖酸刻薄的笑語。我挺直了腰桿，繼續向前行。王子發現了我，手上還拿著剛剛說要幫我拿的飲料，穿越了泳池與戶外吧台，跟著我走。

「咦，小明，妳的衣服怎麼了？妳要去哪裡？怎麼走得這麼急？等我啊。」

夜間溫度驟降的寒風狠狠刺著我的皮膚，儘管再怎麼冷冽，也總好過心上受傷的冰寒。我沒有回應王子的追問，只是一心一意想離開這裡，再也不願多停留一秒。

安又琳見狀，匆匆結束與友人的寒暄，轉身過來，上前截住我的去路，虛情假意地關切，「這麼快就要走了？派對不好玩嗎？等等還有萬聖節驚喜呢。」

她瞟瞟我胸前的那塊髒汙，接下來毫不意外地冷嘲熱諷，「妳還真當自己是Cinderella 嗎？怎麼把自己弄得這麼髒，好落魄唷！」

我佇足，瞪視著安又琳以及她背後室內窗邊的那些女生，她們正看好戲般地交頭接耳注視著我們這裡。

我怎麼會傻得現在才想到，她們是一夥的。

「知道嗎？嘲弄別人不會使妳自己變得更高貴，妳們就儘管用 Tiffiny 的飾品或是香奈兒的包包打造妳們自認高貴的人生吧。」
她還很白目地大聲嚷嚷。「真不識貨，這是寶格麗。」
我揚起冷若冰霜的視線再看她一眼，她頓時噤聲。
然後，我掉頭就走。

19

「不能哭，不准哭，在意的人就輸了，沈小萌妳不准輸！」
為什麼，都這麼拚命地對自己說了，不聽使喚的眼淚還失控地瘋狂落下。
不知道在寒風裡狂奔多久，直到出了安又琳她家大門，走在冷清的大馬路上，我才真正委屈地放聲哭了。
「小明！妳到底怎麼了？」背後是鍥而不捨追上來的王子，他拉住我的臂膀，使我停下一路暴走狂奔的腳步。
「這原來就不是我要的！」
而我淚水淹沒的視線再也看不清楚他俊秀好看的臉龐，只是口不擇言地吶喊，一股腦兒將方才受到的委屈轉嫁到他身上，使盡力氣地搥著他的胸膛，不斷地重複這句，「為什麼要來惹我，害我現在變成這樣……」

他緊抿唇線，面對我的任性宣洩，都只選擇默默承受。

他不發一語地把外套脫下，蓋在我單薄的肩膀上，黝黑的雙眸似乎有什麼難解的複雜心緒，沉靜半晌，他才開口，「抱歉，我不該留妳一個人在那邊被她們那些女生欺負的，是我讓妳受委屈了……」

「不是你的問題。」我甩開他的禁錮，看也不看他一眼，「是我們本來就不應該有牽扯。」

或許這不是我一時的氣話，而是我這段時間以來深埋在心底沒有說出的壓抑。

「可是，我喜歡妳啊。」

又是這句話。

「不要再說喜歡我，你知不知道你總是這麼無所謂地掛在嘴上，自以為是地認為你喜歡我就可以得到我，卻從來沒有想過我的感受，沒有考慮過我有多困擾。我和你們不一樣，我不是一生下來就備受矚目，我不是……」

「那這樣呢？」

話沒說完，他俯身吻上了我。

這瞬間，我的世界唰地彷彿空白了幾秒鐘。

或許是想懲罰我的賭氣，他粗暴的深吻像是恨不得將我立即佔有，我掙脫不開他霸道的箝制，只能放棄地閉眼順從，直到他將我整個擁入懷中，那綿密而細緻的親吻如雨點般落下。

拉開距離，那雙深邃明亮的眼眸像是一潭看不到底的湖水，因為這樣極近的距離看起來有些渙散迷離，微張的嘴唇間呼出的男生氣息灑在我的臉龐。

「妳有一點喜歡我了嗎？」

他顫抖著雙唇在我耳畔低語，像要把我揉進身體裡似地抱緊我的薄弱身軀。「可是，怎麼辦，我愈來愈喜歡妳了啊。」

最後，沈小茜和我是分別回到家的。

沒有察覺到我哭泣過的紅腫眼睛與倦容，她進我的房間甚至連門都沒敲，一雙原本漂亮清秀的眉毛被她擠弄得很曖昧。搞不清楚她到底想幹麼，我乾脆自己對著鏡子卸起妝來。

見我懶得理她，她也直接了當闖進我的視線，手一推便把我的小桌鏡挪開，偵探般地審問：「晚上你們一起離開後發展到什麼地步了啊？愛的抱抱？還是啾咪啾咪？」

「那這樣呢？」

「妳有一點喜歡我了嗎？」

從不知道，原來初吻的味道竟是如此苦澀。

「該不會……」

瞧我好半晌沒有開口，她已經逕自開始胡亂瞎猜，表情非常認真，認真到我有股衝動想出拳揍她，「姊姊，難道……妳已經轉大人了，突然一夜長大了嗎？」

我沒好氣地瞪了她一記。「轉妳的頭啦。」

「可是，怎麼我愈來愈喜歡妳了啊。」

那個時候，王子略帶傷楚的閃爍目光還深刻映在我的腦海與眼裡，我不曉得該拿這樣露骨告白的他怎麼辦……

片刻，再也受不了沈小茜那麼機車外加詭異的審視眼神，我才呼地鬆口，「說真的，我很困擾。」

「困擾？」

她難以置信地大聲叫嚷，而且一屁股毫不客氣地坐在我的床上，「幹麼困擾？又是在困擾什麼？我看妳現在根本是在庸人自擾吧？對方可是王子耶，每個情竇初開的少女都會爭先恐後地排隊想跟他沾上一丁點關係，就只有妳這個孤僻的怪少女，明明得到王子的情有獨鍾，還坐在這邊對著鏡子嘆什麼氣，困擾個什麼勁啊？」

我瞪著大放厥詞的沈小茜，半句話也不吭。我知道，我懂，她說的我都能明瞭，能夠受到高高在上的王子青睞，平凡渺小的我早該慶幸自己是有多麼好運才對，應該趁著王子改變心意之前趕快和他在一起。

可是不知道為什麼，就總覺得自己在他閃閃發亮的世界裡是這麼微不足道，人人都在背後耳語說我配不上他，然而事實也誠如他們所說的那樣，只要摘下沈小茜借給我的漂亮耳環和髮飾，換下了向她借來的華美衣裳，鏡中的自己就只是如此樸素平凡。

「沈小萌，別傻了，」沈小茜雙手環胸，樣子老練地問：「妳喜歡他吧？」

她慧黠的眼睛深深望住我，話說得開門見山，頓時讓我難以招架。「喜歡的話才會這麼困擾啊，不是嗎？」

我登時陷入一陣緘默。

「我……不知道。」良久，我小聲囁嚅。

她則一副受不了我扭扭捏捏的抓狂模樣，捉著我的肩膀邊搖邊吼，真不懂這件事她怎麼比我還要激動，「什麼不知道，喜歡就喜歡、不喜歡就不喜歡，感情的事哪有什麼不知道的？」

但是，為什麼不能有不知道的時候？

我被她搖得頭暈目眩的，也跟著激動大聲起來，「她們都叫我Cinderella，有的女生羨慕我，有的女生譏笑我，可是她們沒有想過這一切又不是我自己自願的，我只想簡簡單單一個人過日子，就算哪天戀愛，也是談場平凡的戀愛，不會有誰迷戀我的男朋友，我喜歡他而他也只喜歡我一個，只是……」

沒等我說完，沈小茜即刻一語道破，「只是，很不巧的，妳的他是眾少女的初戀情人王子。」

不知道還能說什麼，我就這樣安靜下來。

「可以問妳一個問題嗎？依妳對男生的了解，妳知道王子為什麼會喜歡我嗎？」

「什麼？」

「我的意思是，我們學校這麼多女生，為什麼偏偏是我？他身邊就有個從小到大玩在一起，漂亮又多金的公主安又琳，就算不喜歡和他這麼匹配的安又琳，他後頭跟著的隨便一個都是超級大正妹耶，那他為什麼偏偏……」

「偏偏這麼想不開，喜歡上這個總是讓他吃閉門羹的妳？嗯，讓我想想，或許王子天生就是個被虐狂，所以愛上了總是讓他碰壁的妳？得了吧，沈小萌！」

沈小茜翻了個超級白眼，我真擔心她的眼珠子會因此掉下來，「第一次看到這種中了頭彩卻愁眉苦臉無語問蒼天的人耶。」

我知道她平時是驕縱機車了點，但從沒發現這妮子說起話來這麼會挖苦人。

「好啦好啦，不說了。」我揮揮手，自討沒趣地要結束話題。

「難道妳是想要我天花亂墜地吹捧妳是因為長得多正、多甜美可愛、多身材火辣、多品學兼優，所以王子才會這麼死心塌地愛上妳嗎？這麼噁心巴拉阿諛的話我可說不出來唷。」

「妳在說什麼啦……」

「這就是啦，我只能說，妳什麼都好，什麼都不會比人差，唯有……」

「唯有？」我眼神下意識地隨著她瞟來的目光停在我自己胸前，不禁脫口，「唯有我的胸部不夠大？」

她又朝我大翻白眼，我已經算不出這是今晚她踏進我房間第幾次翻白眼了。「拜託，我現在是很認真地在跟妳交心，是在促膝長談耶，妳給我扯到哪裡去。」

「喔。」我受教地點點頭，趕緊把話題再度拉回來，「那請沈小茜大師開示，我唯有哪些地方需要改進？」

「唯有妳的自信心缺乏啦，而且，還是超級無敵嚴重缺乏。真不懂，妳明明就不比人差，幹麼要這麼謙卑低調地活著啊？有優點當然就是要讓別人看到啊！」

聽到她那樣毫不留情面的批評，我忍不住埋怨嘟噥，「那是妳太高調了好嗎？」

沈小茜沒有理我，但我想她應該是故意當作耳邊風，逕自打了個呵欠，從我床上拍拍屁股起身，「唷，跟妳這個無感的木頭溝通好累，我睏了，先睡啦，晚安。」

「嗯，晚安。」

「對了，經妳這麼一說我才發現，」她已經離開我的床邊走到門前又繞回來，「嗯，妳胸部還真的有點小！」

她說完話，我的枕頭同時丟了出去。

隔週的星期一清早，從踏進學校開始，就覺得好像有什麼正默默地改變了。譬如，走廊上有不認識的男同學猛對著我笑，和我親切打招呼，而我根本不曉得他是怎麼得知我名字的，還有些向我狂吹口哨示好的男生們也是，就連圖書館的眼鏡仔也怪怪的，他平常老是指使我搬書推車做這做那諸如此類的粗工，今天竟然百般溫柔好聲好氣地吩咐我坐在櫃台登記借書這類文書工作就好，那些粗重的書籍從今而後他來搬就可以了。

這種種不尋常到極致的一切，都讓我忍不住覺得自己是不是上了某節目的整人實境秀了，否則這群對我從來都視若無睹的男孩子怎麼全都莫名其妙轉了性啊？

我還杵在推車前面發愣，受寵若驚地反應不過來，「真的嗎？我其實可以……」

「說真的，妳有沒有考慮下次穿妳的女僕裝來圖書館？」而眼鏡仔已經一臉期待地擅自打斷我的話了。

「啊？」

他還自言自語著，「我真是看走眼了，竟然沒有發現正妹就在我身邊。」

他到底在說啊？我怎麼一句都沒聽懂？

「呃，眼鏡仔先生，你是不是誤會什麼了啊？」

「誤會？沒什麼誤會啊，對了，妳看，我還把妳的照片設為手機桌布了耶。」

他對我本人視若無睹地拿出手機，只是對著我那天出席派對穿女僕裝的照片不自覺流露出莫名色情的眼神，還一臉情深對著手機桌布我的那張照片說起話來，「嗨，小萌，妳真的好萌唷，瞧這雙無辜的大眼睛……」

說真的，我的汗毛瞬間直豎，雞皮疙瘩掉滿地，而且還渾身超級「不蘇湖」。

「嗨，小萌！」

「哈囉，小萌，妳知道嗎？妳簡直就是我的女神，我昨天還夢到我們一起在月光下的沙灘散步了！」

「你想太多吧？小萌是到了我夢裡來，我們在荒漠的馬背上夜奔……」

我愕然地回頭，什麼時候我這麼忙碌地趕場，又去沙灘上散步，又在荒漠的馬背上夜奔了我都不知道？

圖書館窄窄的窗外擠了一堆男生在那邊探頭探腦，一下對我猛拋媚眼，一下又朝我瘋狂示愛傳飛吻，其中一個看似宅男代表的男同學還非常忠烈地吶喊著，「妳才是我眼中的第一名！」

「什麼第一名啊？」我感到一陣暈眩。

「妳不知道啊？我弄給妳看。」眼鏡仔還在我的身邊沒走掉，一聽到我的疑問，立刻滑開手機螢幕要給我看東西。

然而，眼鏡仔的禮遇和窗邊這些男同學們的擁護愛戴是怎麼一回事，遲鈍得要命的我直到現在才知道。

「最哈女生第二名？」

「對啊。」

眼鏡仔老神在在，一副「問我就對了」的模樣，「每個年級都有這個最哈女生的排行榜，我們三年級的第一名是安又琳，她從一年級開始就穩坐第一名的女王寶座。不過，妳也知道男人是喜新厭舊的動物，所以妳那天出席萬聖節派對的女僕系裝扮以及被欺負潑紅酒的楚楚可憐樣子被拍下來，那種讓人想要放在口袋裡呵護的感覺實在是讓大家耳目一新，於是，大家立刻就拜倒在妳的石榴裙……喔不，應該說是蓬蓬裙底下了。」

我聽得一頭霧水，但是這個最哈女生排行榜好像在哪邊聽過的樣子，似乎是沈小茜那個高調鬼，據說她是被整個同年級男生票選為最哈的女生前三名，不過，什麼讓人想放在口袋裡呵護的感覺……

我只會聯想到袋鼠而已。

「我又不是袋鼠。」邊想，我下意識脫口說出。

聽到我很不可愛的回應，眼鏡仔奇怪地看看我，一副「朽木不可雕也」般深深皺眉嘆了一口氣，邊說邊飄走，「那天晚上出席派對的妳和現在比起來簡直是個奇蹟。」

「呃，這話的意思是……」我無言了。

再回頭瞄瞄那些遲遲不肯散去的人群，他們如痴如醉專注看我一舉一動的細微樣子，那樣目不轉睛的眼神裡盡是蹦著愛心形狀的熊熊火花。這種目光，我曾在緊緊追隨王子的那群無知少女臉上見識過，可惜我並不樂在其中，而且還驚嚇得想尖叫。天啊，誰來幫幫我擺脫這讓人汗毛直豎的粉紅色窘境？

「喂，你們這些不要臉的色胚！少用那種褻瀆的色情眼神看我的小明宥，告訴你們，她已經名花有主了，」

我原本還六神無主地發愁，就在這個時候，從我背後傳來了一聲當眾的宣告，回頭定睛一望，有沒有這麼巧，老天派來拯救我的人正好就是帥氣登場的王子啊？

「她的主人就是我，所以，只有我能那麼看她。」

我只想要有人幫我擺脫眼前這窘境的，怎麼這王子說的話聽起來是單純而且霸道的主權宣示啊，況且，我的主人哪是……

「什麼跟什麼啊？」愈聽愈怪，我趕緊扯住他的衣角，阻止他再說下去，「別亂扯啦。」

「妳本來就是我的啊，」他理直氣壯，眼睛亮澄澄的樣子好像自己說的話本來就沒有任何不對，「我不是早當著眾人的面宣布過了嗎？妳是我今年耶誕舞會的女伴，這就表示了我……」

事情都這麼久了，他怎麼還記得啊？

「喔，對了。」不讓他再繼續說下去，我眼睛一轉，岔開話題，「你怎麼會來啊？」

這個時候，他才想到什麼一般，秀出背後讓我傻眼的誇張景象，「妳看！這是我對妳的一片心意。」

一堆白色百合花不知道什麼時候已經布滿整座圖書館，無論是桌上架上甚至是排列的摺疊鐵椅上滿滿的都是。從這裡望過去，還真有一種要被百合花淹沒的錯覺。

一道風從沒關上的窗外吹來，芬芳濃郁的百合花香登時鋪天蓋地而來，原本就對花粉過敏的我開始淚眼汪汪。

望住我想打噴嚏又打不出來的紅眼睛，他天真爛漫的問題讓我真想掐他脖子啊，「小明，妳太感動了，對嗎？」

而我心裡只想著：誰來幫幫我快把這些百合搬走啊？

我被薰得頭昏眼花，根本說不出話來，這天真爛漫的孩子卻誤以為我是很感動的關係。「小明，我知道，妳大概以為我會膚淺地送妳玫瑰對嗎？但其實，在我眼裡，妳就像是這百合花出淤泥而不染……」

我再也忍不住地打了個超大噴嚏，鼻水險些噴到他那俊秀臉龐，「可是，出淤泥而不染的是蓮花耶，而且我也沒以為你會送我玫瑰花，那都不是我喜歡的。」

「是這樣嗎？」他頓了頓，好像因為我的糾正讓他尷尬了。他清清喉嚨，不死心地又問：「那妳喜歡什麼花啊？說來我聽聽，下次再送妳。」

又連續打了兩個噴嚏，我揮揮手，「不用送我了啦，幹麼浪費這些錢？不過說真的，比起這些花，」我很認真地思考了一會兒，「我更喜歡仙人掌。」

「……」有人顯然反應不過來。

「我喜歡仙人掌，而且是一球一球長得胖嘟嘟的那種，很奇怪嗎？」

「不奇怪、不奇怪！」雖然王子陪笑重複說了兩次，但是他誠實的表情騙不了人，明明是一副非常匪夷所思的樣子啊，還自言自語起來，「是仙人掌啊……」

他還因此陷入了久久無法自拔的深思當中，最後，默默冒出一句，「仙人掌……也算是花的一種嗎？」

21

放學前的最後一堂課，我剛從數學老師的辦公室領完班上同學的考卷。經過穿堂要回教室時，遠遠地便望見前方一陣騷動。

我並不是那種愛湊熱鬧的個性，只不過那裡確實是我回教室會路過的地方。一堆人群鬧哄哄地看著校園布告欄在討論什麼，我沒有刻意要聽，但你一言我一語的議論還是竄入我的耳裡。

「喂，聽說今年耶誕舞會的舞王舞后候選人出爐了。」

「那有什麼，每年還不就那幾個人在競選？我眼睛瞇著都能猜中又是王子和安又琳蟬聯寶座！」

「才不會呢！我的女神沈小萌有被提名耶，今年她一定會當選的！」

「唷，剛剛化學課打瞌睡的時候，我還夢見她和我一同在花園裡嬉戲玩捉迷藏呢……」

「她哪和你這個宅男玩捉迷藏啊？她明明就在我夢裡和我一起打怪！」

「你才宅男呢，還打怪！」

我手裡抱著的數學考卷差點沒有掉下來。他們口口聲聲說的那個沈小萌又是我嗎？這學校裡應該沒有人和我同名同姓了吧！

我超傻眼的，誰？是誰陷害我的？我放輕了腳步，一副被害妄想症的模樣小心翼翼掃視周圍，到底是誰提名我為舞后候選人的啊？我根本沒有要參加耶誕舞會的意思，更遑論是提名為舞會皇后候選人這件事了！

喔！真糟糕！要是這事讓安又琳知道，她一定又恨不得衝上來搧我巴掌！

歐文剛好路過，看見我在，立即朝我微笑，「嗨，小萌，恭喜妳了，聽說妳儼然成為校園新一代的人氣女王！」

原本向著布告欄討論的大夥兒聞聲，紛紛轉過身來看我，一個勁地將我團團包圍住，有人激動地對我拍胸脯保證說他一定會選我，我還來不及問他是和我在花園裡嬉戲玩捉迷藏的那位，還是另一位一起打怪的，又有一派女生用輕蔑不可一世的眼神上下看我，開誠布公地向我說著她們還是喜歡安又琳，要我這個路邊冒出的小角色別夢想會篡位成功了！

「你們在幹麼？擠在這邊做什麼？」

王子和賈斯汀從後面走廊過來，應該是要來找歐文的，一見到我被圍住動彈不得的情況，立即上前為我解套，「讓開讓開！」

大家一見到是王子，更加瘋狂推擠了，「王子，沈小萌是因為你的關係才入圍舞會皇后提名名單的嗎？」

「那你們有在一起嗎？」

「沈小萌該不會是利用你才能入圍的吧？」

各種立場的輿論立即排山倒海而來，歐文和賈斯汀忙著推開這些根本不受控制的人群，王子則是拉住我的手，頭也不回地離開這些紛紛擾擾。

我們逃離了學校，隨意跳上一班即時發車的捷運車廂，才發現是開往淡水的列車。

就這樣，來不及想到蹺課會不會被學校老師發現或是被爸媽罵，我體驗到了人生第一次蹺課的奇妙經驗。

坐在淡水線的捷運車廂內，這個時段的人並不多，但畢竟身穿高中制服，王子和我難免有些顯眼，不知道別人會不會一看我們就知道是蹺課的小孩，或許會誤以為我們是從學校逃出來私奔的？

我知道應該是我想得太多，但我亂七八糟的思緒還是持續運轉著不肯靜止下來。身邊的王子倒是不那麼緊張兮兮的，他只悠悠哉哉地將視線望住向後流轉的窗景，當列車帶領我們逐漸駛離城市裡密集叢生的高樓，映入眼底的是氣勢如虹的關渡大橋以及綠雲浮動的紅樹林，飽和湛藍的晴空偶有幾隻飛過的白鷺鷥，遠遠看去，這樣明淨的淡水河道簡直像是一幅水彩畫般夢幻。

出了捷運站，我們就在河岸邊隨意走走，風不斷舒服地擦過我的臉龐與短髮，煩躁的心情終於撫平了些。

因為不是假日，沿路做生意的店家和攤販不是太多，零零星星地冷清開著店營業，王子和我兩個則走馬看花地亂逛。突然，他在一間看來不怎麼起眼的花店前佇足，我差點撞上他。

「怎麼突然停下來？」

他沒理會我的小小埋怨，只是逕自在花店裡繞來繞去，像在尋找什麼重要的東西。花店小姐一見有客人上門立即堆滿親切笑容，買花嗎？送給小姐的？粉紅色的玫瑰花很適合她喔，還是這種桔梗也挺可愛……

儘管花店小姐怎麼殷切介紹，他都不太搭理的樣子。我跟在王子屁股後面，只得頻頻陪笑，「呃，不用了，我們只是路過看看而已。」

就在這個時候，他忽然莫名其妙喊得好大聲，一副在路邊撿到千元大鈔那樣驚喜，「啊，就是這個，找到了！」

「什麼就是這個啊？」我和花店小姐好奇地上前，沒想到他轉過身來，手上已經捧了一盆胖嘟嘟還帶著刺的……

「不過說真的，比起這些花，我更喜歡仙人掌。」

「我喜歡仙人掌，很奇怪嗎？」

「這仙人掌……是要送給小姐的嗎？」花店小姐匪夷所思的表情和王子當初聽到我喜歡仙人掌的模樣是如出一轍的啊。

他點點頭。「對，請幫我包起來。」

「呃，要送女生的話……」花店小姐頗傻眼地偷瞄了我一眼，話說得小心翼翼，

「真的不考慮玫瑰花或是桔梗之類的嗎？其實向日葵也是不錯的選擇，至於仙人掌……」

「不用了，我就要這盆。」

就這樣，我們兩個在花店小姐詫異的注視下離開了花店。

一走出花店門口，他便將那盆包裝精緻的仙人掌遞給我，「喏，這送妳，不用太感動唷。」

儘管他都百分百是耍帥地這麼說了，但我是真的很感動啊。

低頭玩弄著這盆圓圓胖胖的小玩意，是不是圓形的東西都比較有療癒效果啊，像我最喜歡的黃色小鴨也是一臉圓嘟嘟的啊，總之，滿心歡喜的我正要開口說出謝字，王子已經先叫住我。

「小明……」

「嗯？」

他望住我，眼底猶如星火的眸光點點閃爍著，卻也躊躇著，欲言又止。

這樣的眼睛讓我不由得又想起那夜他吻我的畫面，風又吹來，吹落了河岸邊深秋的落葉，也吹起我心裡沒有來由的煩惱與憂愁。

「妳有一點喜歡我了嗎？」

「可是，怎麼我愈來愈喜歡妳了啊。」

我下意識地脫口說出那個心底困擾我很久的問題，「你喜歡的是哪個我？」

他沒有反應過來。

倒是我自己忍不住想，我怎麼會忽然問這麼奇怪的問題，搞不好王子還會以為我自戀耶。「沒事沒事，當我沒問！」

我懊惱地掩住臉頰趕緊走掉，天啊，沈小萌，妳幹麼沒頭沒腦地這樣問，妳真蠢耶。

「只要做妳自己就好。」他追了上來，前言不接後語地冒出這句。「我喜歡的是真實的妳，而不是名牌堆砌出來的做作女生，喜歡妳踏實的樣子，也喜歡妳在街頭上發傳單發面紙，也喜歡妳開 Go Gar 雖然慢吞吞卻不服輸的樣子。

「我還喜歡妳剛剛問我喜歡哪個妳的妳，超真實、超可愛，超級喜歡的！」

因為他毫不掩飾的話語，我心中猛然一震，凝視著他的專注眼眸，明明是陽光灑滿整座老街的燦爛午後，我卻彷若跌進黑洞，跌進那雙瞳仁深處的黝黑。

我真的可以喜歡你嗎……

22

深秋的天色暗得早，這個時候的淡水，街燈逐漸亮起，又是不同的風景。我們在回程的路上，街道車輛開始變多，王子閒情逸致地說著，哇，想不到這淡水老街真的滿好逛的，下次我們早點過來，去參觀那座紅毛城怎麼樣？還有……

話沒說完，一輛疾駛而過的轎車險些從王子身邊擦過，他沒有注意到，還很有興致地計畫下次出遊。我眼見如此，只得一個箭步緊急拉住了他的臂膀，讓他原地打住，他卻因此撞上我。

王子大概也被我嚇到了，直到轎車尖銳刺耳的喇叭聲響起，我們兩個才從路邊跳開，驚魂未甫地對視著。

「有沒有怎樣？」我望住他的眼睛，而他也正瞅著我。

雖然好像是偶像劇裡會發生的劇情，但男女主角的動作似乎顛倒過來了，我還真像個男子般英勇啊，一點都不可愛。

正懊惱地這麼想，鬆開了原本拉住他臂膀的手，他卻耍賴地不讓我放手，一雙又黑又亮的眼睛深深鎖定我，使我無處可逃。

「小明，還說沒有喜歡我，這麼關心我又害怕我會受傷，明明就愛我愛得要命！而且妳剛剛還幾乎把我抱進懷裡，就像偶像劇男主角捨身要救女主角那樣耶！」

「並沒有好嗎。」

我轉過頭去。真不懂他為什麼每次都要表現得這麼輕浮的樣子，好像我是隨便的女生，他不用認真對待也可以。

見我嘟著嘴不說話，他拉拉我的手輕聲試探，「生氣囉？開玩笑的嘛，別生氣。」

「可是不好笑。」我還是任性地緊抿著唇線，再說了，剛剛情況那麼緊急，我不man一點，要怎麼保護這個瘦弱得要命的奶油王子啊。

見我還是遲遲沒有綻開笑顏，他亦步亦趨跟了上來，靈機一動。「那不然，我說一個笑話給妳聽，這是關於三輪車這首童謠的由來唷……」

然後，他竟然就這樣說起了明明原本是我說給他聽的冷笑話，還硬是要非常諂媚地補上這句。「這可是我聽過最好笑的笑話了。」

但他那個時候聽完明明就沒有笑啊，所以我也還板著一張撲克臉不領情。

哼，看他怎麼辦！

「別生氣了嘛小明，那我唱歌給妳聽？三輪車，跑的快，上面坐個老太太……」

他於是牽起我的手，好生動地一遍又一遍朗朗唱著，連牽著我的手都跟著旋律來來回回前後擺動，直到回到我家門前，他都沒有再放開過。

所以，這樣就算是在一起了嗎？

是嗎？是嗎？

這樣就是傳說中的在交往，談戀愛了嗎？

媽啊，我戀愛啦！

這夜我難得地失眠了。整個晚上輾轉反側都在想這個問題。之前從來不知道什麼叫作睡不著，從來都是沾上枕頭就能三秒鐘入睡的，現在滿腦子都是這個害羞的疑問在我腦海轉來轉去，想揮都揮不開。

雖然之前也曾經牽過他的手，但那都是短暫之間，第一次是在公車上他怕我摔倒，第二次是在夜市裡我怕他走散，第三次才像是情侶那樣地牽手吧。

邊想，我甜滋滋地迸出笑聲來，在軟呼呼的棉被裡滾來滾去的，哎呀，真是好害羞唷好害羞！

就這樣在棉被裡滾了半天，滾到我的棉被都捲成了圓筒狀，我還是沒有個答案。畢竟，這樣回想起來，王子好像從來都沒有非常認真地對我說過「我們交往吧」之類的話，只是無限迂迴地重複我喜歡妳，然後我又嘴硬地回答他說我又沒有要給你喜歡這樣的對話。

喔，滾棉被滾到精神太亢奮了整個大失眠，早上起床得特別早，說真的，我根本是看見太陽升起就跳起來的嘛。

站在浴廁的鏡子前面，隨手拿了個沈小茜的髮夾，也不知道自己怎麼了，平常總是不屑這類可愛的小東西，現在，卻好希望它能讓我變得更漂亮點。

「把劉海這樣夾起來也挺好看的啊，」

沈小茜經過廁所門口，看我坐在馬桶上還發著呆，幽幽飄來一句，我才體會到「屁滾尿流」這句成語的真實性，「只不過這樣還真不像妳耶，妳是誰？快把我姊沈小萌還給我！」

我已經漲紅了臉，暴吼出來，「沈小茜妳怎麼進廁所沒敲門？」

「咦，妳尿尿沒關門我是要怎麼敲門？」

因為想得太入神了，我居然整個人失魂落魄到忘了把門帶上，平時精明冷靜的我自己怎麼會犯這種致命丟臉的錯誤啊，人家不是說懷孕的女人才會變笨嗎？我怎麼才談個小戀愛就已經傻到忘了關門？像我這樣，以後在懷孕時，不就要在脖子上綁個防走失的名牌才不會找不到回家的路嗎，真是……

「小明，好漂亮唷。」

不過，王子一見到我便開口稱讚，突然有一種我被沈小茜看到屁股都變得好值得的感覺啊。

而且，他說我漂亮耶，可不是像之前說的那種可愛，此時，心裡按捺不住偷偷雀躍，我瞅著他說我漂亮的臉龐，歡天喜地地笑了。

「今天騎腳踏車上學吧，妳看，我把我的騎來了！」

「呃，可是我的壞了呢。」

沒有想到，聽到這個消息，他竟然不加思索地自告奮勇，簡直就跟上次在小琉球那個時候的表情一模一樣，說著，「那我載妳？」

但實在不是我要以小人之心度君子之腹，趕緊搖搖頭，「才不要，免得途中騎到一半有人體力不支還要我載他呢。」

「誰？是誰那麼過分竟然反而要這麼瘦小的小明載？有沒有搞錯啊！」

我啞口無言地默默伸出食指指向王子，卻被他巧妙地握住我的拳頭。他臉不紅氣不喘地繼續拍胸脯保證，「如果是我，絕對不會讓妳載我的。」

喔，是嗎？

像是聽見我心中的疑問，他逕自上了車，很帥氣地將腳踏車甩尾掉頭到我的面前，截住我的去路，「上車吧。」

上了車，出發之前，王子主動把我的手環在他的腰上。我聽見我家屋內爆出一陣不平靜的歡呼，天哪，家裡那三隻八卦精竟然全部趴在窗邊明目張膽地偷窺我們！

只見王子很是驕傲地朝他們揮揮手示意，「我們出發囉。」

爸媽還笑咪咪地用誇張的肢體語言回應他，「拜拜。」

騎出巷弄，我們迎風順勢溜下坡道，王子轉身過來，俏皮地對我眨眼笑說：「看吧，載小明上學真是輕而易舉！」

我被他志得意滿的樣子逗笑了，這傢伙，等等騎上坡的時候你就知道！

果不其然，在接近學校的那段路上，原本還能偶爾轉身過來和我說說笑笑的王子直到過橋上了緩坡路段就逐漸變得沉默。明明是個年輕小夥子，卻發出老牛般的喘息聲，好像拖著我是多麼沉重的負擔。

為了他好，我說要下車減輕他的重量，可他怎麼都不肯認輸地扭頭過來咬牙切齒地說他可以！這時，他的聲音已經在發抖了。

「真的不要逞強啦。」

再也看不下去，我正準備跳車，就在這秒，整個被他逮住，強硬抓住了我的手環抱住他的腰間。

於是，我只得有些尷尬地貼在他微微滲出汗的脊背上，連他踩著腳踏車踏板而起伏的肌肉都能清楚明顯地感受到。

他為了我，是如此拚命。

「妳相信我可以，我就真的可以，一定會讓妳看見我的真心！小明，妳相信我做得到吧？妳相信我吧？」

「什麼嘛。」雖然嘴硬，其實我心裡已經在為他拚命打氣加油了。

我相信你。

「沈小明，我喜歡妳，要記得我說過的，我是真的喜歡妳，用真心喜歡妳。」

「好了啦，喜歡就喜歡不用喊這麼大聲，保留一點體力吧。」

就這樣，他一路狂吼，歪歪斜斜騎進了校園，再也忍不住體力透支地腿軟，一下車，幾乎支撐不住身體。那瞬間我扶住他，主動牽了他的手，再也沒有放開。

王子，我相信你，你做到了。

「他們怎麼牽手了？」

「什麼？他們在一起了嗎？」

「唷，我的王子啊，好心碎……」

「小萌，我的女神，妳是我的初戀耶，妳怎麼忍心拋棄……」

那天，我們手牽著手，再也不理會旁人的側目和輿論，一路走過教室走廊，燦爛了整座校園。

23

雖然知道該來的還是會來，卻沒有想到會來得這麼快。當然，我可不是在說每個月都會找我報到的大姨媽，而是……

「沈，小，萌！」

第一堂下課鐘才剛響完沒多久，同學們三三兩兩地準備前往視聽教室上課，我才踏出教室門口幾步，一道指名道姓的厲聲就在我背後響起。而且，我想整座走廊的同學也都聽到了。

我慢動作轉身，安又琳立刻出現在我的視線範圍，儘管和我相隔了幾公尺的距離，我還是能夠感受到她強大的氣場與怒意。

她愈走近，那股龐大氣勢更逼得我倒退三步。原本來來去去的同學們頓時全都停下了腳步，準備觀賞這場不用門票的好戲。

不知道是誰，還很白目地補上這句開場白。「嘖嘖，來者不善，這下險了！」

不用他說我也知道這下不妙。腦筋一轉，不是俗話說伸手不打笑臉人的嗎？我看事到如今，只有這個辦法了……

「哈囉，安又琳！」相信我，就怕會再莫名其妙挨巴掌，我已經很努力地擺出最友善親切的笑容，而且笑得嘴角都快抽筋了。這樣總算誠意十足了吧，沒想到她卻……

「太過分了，笑成這樣是在炫耀能和王子在一起有多驕傲嗎？」

沒想到我這一笑不但沒有緩和到她安大小姐的情緒，反而還把她惹得更毛，簡直有如一座即將爆發的活火山呀！

難道是我笑得太醜了所以無效嗎？

「還有，妳被提名為舞會皇后候選人這件事，該不會也是妳私下叫人提名的吧？平常裝作一副乖乖女的樣子，去我家派對還不是打扮得跟什麼一樣！雙面人！真噁心！」

現場陷入一片靜默，我被說得臉唰地一陣青一陣白的，難堪地低下頭去，再也沒有吭聲，會不會全部的人都是這樣看待我的？

見我沒有反駁，她更是氣燄高漲了，搶來了路邊同學喝到一半的可樂，一雙挑釁意味濃厚的眼睛朝我身上轉啊轉的，刻意拿得傾斜搖晃的可樂瓶隨時都有灑出來的可能。

「你們說，如果我這瓶可樂不小心潑在她身上，她會不會又裝可憐地哭著跑走博取同情啊？」

歐文不知道什麼時候來的，他從人群裡衝出來擋在我面前，「安，別太過分。」

「什麼過分！她搶人男朋友就不過分嗎？」

他試圖搶下她手中的可樂卻撲空，語氣平穩地陳述事實，「王子從來就不是妳的男朋友。」

「可是……」再也無話可說，就像被狠狠戳中痛處，她氣急敗壞地朝我們扔下可樂，哼地一聲甩頭就走。

確定安又琳已經走掉，歐文回頭過來關心我。「沒事吧？」

我搖搖頭，只是，看著為了護我而被飛濺的可樂弄得一身濕的歐文，心裡滿是抱歉。「你，被潑到了……」

「還說，妳自己也是，」他指向我黏答答飄著可樂甜味的髮尾，「走吧。」

「去哪裡啊？」

就這樣，見沒戲好看的同學們一哄而散，歐文則領著我一路從教室走過穿堂，最後來到空無一人的音樂教室，直至走到室內掛置的明鏡前面，我這才看清楚自己受到波及的慘樣其實也沒比歐文好到哪裡去。

「喏，毛巾給妳擦！」

真神奇，這裡怎麼設備這麼齊全，居然還有毛巾呢。我默默地接過毛巾，開始把頭髮吸乾，一邊打量起四周環境，那架擺放在角落的鋼琴蓋上積了些灰塵，像是很久沒有人彈奏的樣子，印象中，我的音樂課都不是在這邊上的呀。

「這間舊的音樂教室已經沒有在使用了，所以我和王子他們都會把這邊當作休息的場所，有時候會蹺課過來這邊聚會、睡覺或是吃東西之類的。」

「原來如此。」我吐吐舌，怎麼這歐文跟王子一樣，好像能夠把人心裡所想的輕易看穿哪。

歐文沒有顧及還在他面前東張西望的我，理所當然地解開制服的第一顆鈕釦，接著開始解第二顆，那結實的胸膛線條若隱若現的，我愈看喉嚨愈乾，忍不住嚥嚥口水，目光卻始終沒有移開。

他抬頭，這才發現了我怪異的目光，卻不以為意地朝我走來，一步，再一步。

「呃，你要幹麼啊……」我整個弱掉，聲音細得連蚊子叫都不如。

我知道自己雖然沒有多美，但是在這空無一人的教室裡面，兩個被濺濕的年輕男女，無論怎麼想，劇情都會往煽情的那方面發展嘛。

我不自在地縮了縮身子，跟著倒退一步，再一步，直到我沒路可退地貼在牆壁上，我才想要吶喊「別過來，我的心裡只有王子一個人而已，你就算得到我的身體也得不到我的心」諸如此類的台詞，他就瞥開視線，伸手去抽來了我身旁就放在桌上的濕紙巾。

他晃了晃抽來的濕紙巾，直接用行動回答我剛剛完全想太多的問題，然後逕自擦起自己被可樂沾濕的黏膩胸膛。

我頓時整個脹紅了臉，喔，沈小萌，妳超糗的啦！

「一聽到安又惹事潑可樂，我就猜你們一定是在這裡……」

這個時候，王子推門進來，碰巧看到我們頗為詭異的舉止互動，「喂，你們兩個幹麼靠這麼近？」

歐文瞄了我一眼，悠悠哉哉地走到王子面前，用手肘頂了頂他，開口調侃。「吃醋啊？」

「對啦，我就是吃醋，朋友妻不可戲，沒聽過唷？」

聽他怒氣沖沖地這麼說道，歐文反而莞爾。「什麼時候中文變得這麼好了？」

「反正你離她遠一點就對了啦。」

「ＯＫ，那我走囉。」歐文允諾地笑了笑，沒怎麼在意王子小家子氣的惱意，揮揮手後就走出了音樂教室，只剩下王子和我你看我我看你地大眼瞪小眼。

我有些懊惱。「剛剛又沒什麼，畢竟歐文是為了護我才……」

「妳還幫他說話，孤男寡女共處一室，我看到他差點吻妳耶！」話說回來，真的不知道這傢伙什麼時候中文突飛猛進，變得這麼會說成語。

「才沒有呢，你想太多了！」因為剛剛我也想太多了，歐文並不是那種會佔女生便宜的人，王子應該比我更了解才是啊，「你這樣太不可理喻了啦，安又琳潑我可樂的時候，還是他搶著擋在我前面的呢。」

「真後悔我幹麼要跟賈斯汀去買咖啡喝，這樣，擋在妳面前保護妳的人就可以是我了。」聽到他這麼嘟噥，真的感到好窩心，儘管他還生著悶氣像個孩子，但我知道他是因為在乎我。「我不喜歡妳和別的男生走得太近嘛。」

「你誤會了，而且，歐文是你的麻吉耶，難道你連一起長大的麻吉都信不過？」

「可我就是不喜歡。」

我看著他的臉，態度開始軟化，伸手扯扯他的衣角，「好啦，我以後會離男生遠一點，我保證，別氣了嘛，笑一個，我說笑話給你聽？」

他還嘟著一張嘴別過頭去，怎麼樣都不說話。我拿他沒辦法，就當我還真要千篇一律地開始說出很久很久以前的那個三輪車的冷笑話……

「我只是要妳知道，小明，」而他已經開口，手緊緊握住我的，好像我下一秒就會溜走那樣，表情認真，「我真的很喜歡妳。」

是有沒有這麼愛我啊？我感動得都要落淚了。於是，我笑著睨他，「怎麼突然講這個啊。」

「小明……」

他就這樣安靜下來，彷彿有千言萬語，卻只是拿著一雙熠熠閃閃的眼眸凝視我，似有許許多多複雜心緒般。我看不懂他這樣躊躇的表情到底為什麼，我所認識的王子，從來是喜歡就說喜歡那種直率的人啊。

「怎麼了啊？」所以我很認真地看他，看他到底要說什麼。

「其實我一直想要跟妳說，」他也很認真地看我。「其實我……」

他才要鼓起勇氣開口，話一出口，便被上課鐘響給覆蓋過去。我根本沒聽到他說什麼，只是望著他好失望的落寞表情，明明好不容易要一股腦兒地全盤托出卻因此停下。

鐘響完畢，不忍看到他那張惆悵的臉，這次是我主動問：「好了，剛剛你要跟我說什麼？說吧。」

沒想到他已經斂起表情，先錯開我注視的眼神了，「下次再說吧。」

到底是什麼事情這麼神神祕祕的啊，真吊人胃口，剛才不要先開個頭吞吞吐吐就好了，還故意這樣。我愈想愈不對，忍不住搶先開口。

「哼，賣什麼關子嘛，有種你就都不要說了啊。」

奇怪的王子！

害我被他弄得心情也很奇怪了啦！

直到隔天，奇怪的王子還是沒有打算告訴我那個神神祕祕的事情到底是什麼，雖然想知道得要命，可是，先攤牌的人就輸了啦，所以，再怎麼心癢癢地想知道，我都還是故作不在意的樣子，就偏不先去開口問。

下午體育課時，因為和安大小姐又琳是同一堂課，為了避免再發生動手事件，我決定非常低調地隱匿在我們班的人群中，大家走到哪裡我就跟著移動到哪裡，省得她一見我又會失控地衝上來摑我巴掌或潑可樂。由於必須要時時刻刻注意避難方向，我終於對原本懸在心上的那個神祕事情分散了注意。

總之，如此這般一連串和安大小姐又琳的恩恩怨怨延續下來，有些女生開始主動向我伸出友善的手，當然，也有些女生對我更加冷眼看待，甚至有些女生還……

就在我只注意要閃躲安大小姐又琳，卻沒有注意天外竟然會飛來橫禍時，一顆籃球直接砸在我的臉上，兩個她班上的女生朝大字型倒下的我姍姍走來，你一言我一語的，雖然嘴裡說著抱歉，態度之傲慢卻是絲毫感受不到她們任何誠意。

「原來是打到妳了啊，真是不好意思呀！」

「才被籃球輕輕碰一下，應該不會很痛吧？幹麼裝得一副弱不經風的樣子，沈小萌，妳該不會又要裝可憐博取大家的同情了吧？」

我從地上緩緩坐起來，什麼不會很痛，妳來被球砸砸看啊，包妳痛到哭著回家找媽媽。才要開口大吼，一陣涼意瞬間自我的左邊鼻腔汩汩流下。是什麼奇怪的味道，怎麼這麼血腥？我下意識伸手一抹，媽啊，我要死了嗎？我竟然流鼻血了！

「快看，沈小萌流鼻血耶！」

就這樣，圍觀的人群中傳來的一聲驚呼。大家立刻一擁而上，而且還不約而同掏出口袋裡的手機開啟拍照模式。頓時，快門的喀嚓聲此起彼落好不熱鬧，不知道哪一班的白目同學還擠到我的身邊，非常踴躍地要排隊和流鼻血的我合照，「沈小萌，快看鏡頭這邊，say che-e-s-e！」

「che-e-s-e！」不對啊，我都痛得要命了幹麼還乖乖配合啊？

忽地，看熱鬧或搶著拍照的路人們紛紛讓出一條路來，安大小姐又琳帶著嘲弄意味的笑容朝我走來，她瞟了瞟我還掛著鼻血的臉，訕訕說了，「想紅也不是這個辦法啊，沈小萌。」

誰想紅啊？我瞪住她。

體育老師見大家都聚在這邊不肯散去，只得自己走過來察看情況，一定是我的鼻血流得太悽慘，不然老師也不會當著大家的面說出公道話，「安，妳看妳把人家打到都流鼻血了，快送人家去健康中心止血！」

只是，聽到老師這麼一說，我趕緊搖手拒絕，「不用了不用了，我自己可以走。」

我可不想在前往健康中心途中就莫名其妙被謀殺掉了，我還年輕而且我也才剛談戀愛而已，還想再好好多活個幾年哪。

結果，到了最後，還是她護送我的。

只是，安大小姐又琳並不情願，一張嘴嘟嘟噥噥怎麼都沒停下來過，一下子抱怨球又不是她砸的為什麼她要護送我去健康中心、一下子又挑撥地說三道四，「哼，王子對妳一定不會是真心的，從小到大他從來沒有認真喜歡過誰，都只是玩玩而已，過一陣子玩膩了，很快又會回到我身邊。」

「不會的，我相信他。」

儘管嘴上這麼倔強地說了，但不知怎地，心緩緩一沉。我想起了那個時候在音樂教室裡，王子欲言又止的表情是這麼忸怩不安，我說不出來古怪在哪裡，但是有種奇怪的預感，在心裡猶如漣漪般一圈一圈擴大。

王子他到底要跟我說什麼啊？

「喂，沈小萌，妳還好吧？」

體育課結束的那節下課時間，第一個過來看我的竟然是沈小茜。

真不曉得她的消息怎麼這麼靈通啊？

沒想到她聳聳肩，不回答還好，一開口就讓我超想死的，「我想全校應該都知道妳因為被籃球砸中，被送來健康中心了吧。」

邊說，她邊掏出手機給我看，竟然是我流著鼻血翻白眼的醜樣，「看吧，大家都在瘋狂轉載這張照片，說這就是王子的女朋友，今年舞會皇后候選人——鼻血小姐，這下妳真的出名了。」

我恨不得躲在棉被裡一輩子不要出來見人。這個時候，門外傳來關切的叫喚聲，現在我最不想見的就是王子啊，他來幹麼啊，嗚……

「小明！小明妳有怎麼樣嗎？」

我來不及竄到床底下，已經被王子揪了出來，猛盯著我還塞著棉花的鼻孔打量，「妳受傷了！這個安又琳實在是太過分了，小明妳別難過，我已經狠狠罵過她，叫她不准再靠近妳了！」

「嗨，流鼻血小姐！」

賈斯汀在旁邊想笑但又不敢笑地和我打招呼。沈小茜幫我揍了他一拳，義正詞嚴地糾正他，「鼻血小姐就鼻血小姐，我們家不姓劉，所以可不是流鼻血小姐！」

我躲到棉被裡絕望痛哭，事情搞成這樣我往後是要怎麼做人啦，「這樣叫我，其實沒有比較好一點好嗎。」

看我這麼喪志，沈小茜再也看不下去，「沈小萌，我一定幫妳出一口怨氣！耶誕舞會我絕對會讓妳漂漂亮亮出席，洗刷鼻血小姐這冤屈的！」

我哀怨地從棉被中探出頭來，彷彿看到那麼一絲希望，「真的嗎？」

她望了望我因為激動痛哭又開始汩汩流下的鼻血，無奈回答，「只要妳別再流鼻血的話……」

苦苦挨了幾天，終於等到週末。星期六清晨，一大早我再也按捺不住心情，衝到沈小茜的房間去，把還張著嘴巴在熟睡中的她挖起來，嚷嚷著要她趕緊帶我去買參加耶誕舞會要穿的衣服。

她的眼睛都還沒有睜開，在溫暖的被窩裡翻了個身，半夢半醒地問：「現在幾點了？」

我看了看她擺在桌上的手機，有問必答，「七點半。」

「七點半？」

聽見我報時，沈小茜瞬間從睡眼惺忪的睡夢中醒來，頂著鳥巢般的蓬鬆亂髮坐起來瞪我，「現在才七點半？」

「對啊，七點半。」我還興沖沖地望著她，「快點起床，帶我買衣服去嘛！」

「沈小萌！真搞不懂妳是談戀愛變笨的，還是那天被安又琳用籃球砸到變笨的，星期六早上七點半妳叫我帶妳去哪裡買衣服？現在這個時間，只有早餐店和菜市場在營業而已吧。」

我從不知道這妮子起床氣這麼嚴重耶，不過，畢竟是有求於她，我還是不要在這邊繼續惹她好了。於是我默默退開她的床邊走出房間，退到她房門外，還能聽到她從棉被裡傳來悽慘的哀號，「都是沈小萌啦，和秀賢約會到一半，他正要吻我耶！」

沈小茜說的那個秀賢該不會是……

唉，這電視兒童兼發情少女，韓劇《來自星星的你》看得太沉迷了吧。

我回到自己房間，重新躺回床上，抱著黃色小鴨翻來覆去的。本來想再睡個回籠覺，卻怎麼也睡不著，不知道沈小茜什麼時候才要起床，帶我出門去買耶誕舞會要穿的衣服，不知道她是不是真的能夠幫我擺脫掉鼻血小姐的名號，不知道王子喜歡我做怎樣的打扮，畢竟，那天是要挽著他的手走在他身邊的啊！

整個早上，我都深深淪陷在這許許多多假設的疑問與困擾當中，久久不能自拔，只是，遲鈍的自己始終都沒有發現，如此百轉千迴的思緒，和當初那個篤定說著一定不會參加耶誕舞會的我，已經有所不同了。

不知道在床上翻了幾圈，總之，午餐過後又挨了好幾個小時，直到沈小茜打扮時髦地出現在我的房門邊，告訴我可以準備出門去逛街時，已經是下午接近傍晚時分了。

「哇，只是要上街買個衣服而已，有必要穿成這副德性嗎？」

我上上下下打量她用心的穿著，那俏麗上衣搭配超短的格紋百褶裙，一雙印有兔耳朵圖案的假兩件大腿襪讓全身穿著變得更加性感可愛，而且完完全全襯出了這孩子荳蔻年華的獨特美麗。望著她這麼吸睛的身形，再低頭看看自己穿著猶如睡衣的休閒服，不禁逕自感嘆起來，「哇，瞧瞧妳，真是青春的肉體啊……」

「還青春的肉體呢，請問我們是差了十歲還是八歲？」

沈小茜朝我翻了一記超級大白眼，直接把我拖到她的衣櫥前面換衣服，一邊對我說教，「妳穿這樣上街，說不定人家都會誤會妳是我媽呢，而且要是穿這樣去百貨公司或精品服飾店，人家店員才懶得理妳。」

「就是沒有這種漂亮衣服才要上街買啊……」

儘管我可憐兮兮地這麼說了，沈小茜還是沒有半點憐惜地當作耳邊風，並且把我換下來的那身休閒服塞進眼不見為淨的床邊角落。

「這種衣服拜託妳在家裡睡覺的時候當睡衣穿就好了。」

25

逛完一圈據說是沈小茜口袋名單的精品服飾店，我們還是兩手空空一無所獲，她不是嫌棄我的眼光和我自己挑選的衣服，就是說那些衣服太普通了，襯托不出我的不凡氣質和品味。

「我要的衣服，是那種妳穿在身上，會讓妳一眼就被看見，並且牢牢鎖定目光再也移不開的，懂嗎？」

沈小茜的眼神像機關槍一樣，掃視每個區塊每個架上的衣服與洋裝，嘴邊還不停地碎唸給我洗腦，訓練我的審美觀，「像左邊模特兒身上那套？太低調！隔壁擺著那件洋裝？呿，俗套！

「要告訴自己，妳可不是一般的庸脂俗粉，妳是落入凡間的精靈，是不食人間煙火的仙女！知道嗎？」

「喔。」

已經逛到腳痠肚子餓的我只得不斷喃喃重複，試圖打起精神，「我不是一般的庸脂俗粉，我是精靈，而且不是卡通裡那種藍色小精靈，是不意落入凡間的精靈。我是仙女，我是不食人間煙火的仙女……才怪，唉唷，沈小茜，都耗了整個晚上，我肚子真的好餓啊。」

語畢，她轉頭回來惡狠狠瞪我，「妳現在是不打算洗刷掉鼻血小姐的臭名了嗎？好啊，我們就不逛囉，隨便吃完東西就回家！」

這傢伙！算妳狠！

「別別別……」最後，我只能餓著肚子含淚拉住她，千依百順地讓步妥協，「姊姊都聽妳的，都聽妳的。請一定務必要幫我擺脫掉鼻血小姐這個印象啊。」

「這還差不多！」

接下來的時間裡，她還是拿著機關槍一樣的犀利眼光絲毫沒有鬆懈，而身邊肚子餓扁的我，早就視覺疲勞地東張西望亂看起來，卻無意間望見一個莫名熟悉的身影穿梭在這百貨公司裡。

那個不是在學校外面賣蛋餅的老奶奶嗎？王子之前曾經帶著我去買過一次就再也沒看過她了，她怎麼會在這邊出現啊？

我好奇地拉長脖子看，然後進一步發現這老奶奶怎麼看起來變年輕了，就連穿著打扮都變得有所不同，一點都不像在學校門口賣蛋餅糊口的那個窮苦樣子啊。

「沈小萌，妳發呆啊？我在問妳，妳喜歡這件削肩設計的長洋裝還是剛剛那件魚尾裙禮服？」

咦？怎麼眨眼之間就不見了，難道只是長得像而已嗎？應該不會錯吧，我還滿會認人的，只是，那老奶奶怎麼會在這邊啊？

我還匪夷所思，百思不得其解，沈小茜見我一副失魂落魄的模樣，毫不手軟地在我額頭彈了一記，撂下狠話。

「心不在焉的，我問妳也不回答，是不想擺脫鼻血小姐的名號嗎？」

「沒有啦沒有，沈小茜大師請您幫幫我，我真的好想擺脫那麼窘的形象，快點讓我升級變女神吧！」

最後，我既不扮成落入凡間的精靈，也不扮成不食人間煙火的餓肚子仙女，因為我選擇了一件平胸露肩式的魚尾裙禮服，試穿效果出奇地好，竟然能讓龜毛挑剔的沈小茜乖乖閉嘴。

「這樣前短後長的拖曳裙襬很挑人穿的，妳氣質好身材又高䠷，穿起來真的非常合適，好像從夢幻世界走出來的美人魚啊。」

姑且不論店員這麼讚美是不是只想我們趕快結帳，不過能讓沈小茜說不出一句話嫌棄的，我想不會有第二件了。不過，謹慎起見，我穿著這套禮服，偷偷附在她耳邊問：「喂，沈小茜，我穿成這樣參加舞會，真的可以擺脫鼻血小姐那個形象嗎？」

「妳不要提起的話，其實我剛剛已經忘記了妳的那個糗樣。」然後，她也同我一樣，附在我耳邊很機車地說了，「鼻血小姐。」

總之，我放下心裡的沉重石頭，終於開始享受甜蜜的初戀時光。雖然有時候面對王子當眾比出愛心手勢的舉動還是感覺有點糗、有點窘，而且很容易臉紅，不過，當他牽起我的手，他會知道我們愛有靈犀的心意是相同的。

原來戀愛的感覺是這樣，上數學課的時候想著他，上英文課的時候也想著他，就連下午的歷史課上，歷史老師問到春秋戰國時代的一名武將時，都幸虧老師沒有點名問到我，不然我也會滿腦子王子身影地回答出他的名字。

我們在一起後不久，初冬的第一道寒流便悄然報到，天氣突然變得很冷。儘管如此，王子一如往常那樣地提早在我家門口等我上學。我還在玄關穿鞋，就遠遠望見他搓手呵氣取暖的樣子，出了門，我將自己麋鹿圖案的長圍巾取下一半，像是偶像劇男主角會做的那樣繞在他脖子上，「怎麼不穿多一點？」

他則朝我好看地笑了，「不這樣怎麼能和妳圍同一條圍巾？」

我沒轍地睨著他，語氣卻是甜的，「無聊！」

「好幸福唷，小明的溫度暖和了我的冬天。」他也不管還在我家門前，像是偶像劇女主角般那樣對我撒嬌。真不知道為什麼，明明是跟這麼迷人帥氣的王子在一起，我怎麼老覺得自己還比較像是個男的啊？

再望住他眼神燦爛的甜蜜微笑，管他的，是他說就是喜歡這樣的我呀！

只是……

只是，當心情沉靜下來，還是偶爾會想起安又琳有意無意的挑撥以及那天在空無一人的音樂教室裡，王子言不由衷的躊躇。

「哼，王子對妳一定不會是真心的，從小到大他從來沒有認真喜歡過誰，都只是玩玩而已，過一陣子玩膩了，很快又會回到我身邊。」

不會的，我相信他。

不知道是不是不再重要了，總之，王子再也沒有主動提起那天要對我說的神祕事情。我不是不想知道，可每當看著他的燦亮眼睛，就是不知道該怎麼說，總不能再用可樂把自己潑濕，然後去那間音樂教室提醒他還有事情還沒講清楚吧。

或許，他只是想對我說他其實真的很喜歡逞英雄騎腳踏車載我之類芝麻綠豆大的事情罷了。會不會根本沒什麼事，只因為我缺乏安全感，所以自己在這邊莫名其妙想太多？

想得入神了，我走得太快，卻忘了還與身邊的王子圍著同一條圍巾。他被我勒得哇哇叫，「小明妳到底在想什麼啊？叫妳走慢一點都沒有聽到，差點闖紅燈了妳！」

我搖搖頭，心虛說著沒有。

然而，誠實的表情當然騙不了他，他又拿出那種彷彿有著讀心術的眼神審視著我，而我，再也不想胡思亂想地猜測，低下頭直接開口，「你那天在音樂教室一直吞吞吐吐說不出口的神祕事情到底是什麼啦！」

他微微一愣，又是那樣言不由衷的閃爍眼神稍縱即逝，他接著扯開笑容，很燦爛的那種，「原來小明這麼愛我，這麼在意我說過的話啊，其實也沒什麼啦，之前不是約妳去吃下午茶結果沒約成嗎？我就在想，改天約大家一起去吃，聽說新推出蘋果紅茶肉桂口味的甜派好像很夯喔，不然就今天了怎麼樣？我等等去約賈斯汀他們！」

他果然不打算告訴我了嗎……

明明知道他要說的一定不是這件事，可是，望著他嚷嚷今天要去吃下午茶的笑顏，我也跟著笑了笑，點點頭，直到最後還是沒有說破。

「嗯，好啊。」

26

就在下課前，大家約好了在校門口集合再一起過去甜點店。沈小茜尤其顯得興奮，還嘰嘰喳喳說著自己等一下要吃玫瑰荔枝和抹茶口味的馬卡龍，蘋果紅茶肉桂派也要來一份，可是聽說招牌的蜜糖吐司也很有名的樣子。聽來聽去，她等等應該會把架上的每個蛋糕都叫一份來吃。

「妳點那麼多，可沒人會幫妳吃掉唷！」王子在旁邊逗她。

「誰說的？」沈小茜望著遠遠跑來的賈斯汀，信心滿滿，「王子你就等著看吧。」

賈斯汀沒聽到沈小茜的打包票，只是一臉倉皇，「喂，我不跟你們去了啦，我的手機不見了！」

「怎麼這樣？」沈小茜先叫出來了。

「可能是下午上體育課的時候弄丟的，我在教室找過了，都沒有！」

歐文見狀，上前關切，「我們一起找吧？總比你一個人找要快。」

賈斯汀點點頭，「今天體育課是在羽球館上課的，我只剩那邊還沒找完！」

就這樣，大家全體出動來到羽球館，在偌大空盪的室內展開地毯式搜索，直至來回檢視過好幾遍仍然毫無所獲。

「都沒有耶，該不會被撿走了吧？」

「反正你那支手機也舊了，不是之前就在嚷嚷要換手機嗎？剛好這次……」

無視於大家的勸告，賈斯汀還是沒有放棄，甚至要我們先走，今天不跟我們去甜點店了，「你們先走吧，我再找看看那邊。」

「為了一支手機堅持成這樣真不像你耶！」王子站在原地不解地望向他。

「這不是堅持，是因為……」

說著說著，他不知何以地轉身望向沈小茜，眼神變得好清澈柔情，「那支手機裡面有很多小茜公主的照片，還有和她去小琉球，去萬聖節派對拍的合照，我捨不得的不是手機，是和她一起拍下的過往回憶。」

我簡直被感動得一把鼻涕一把眼淚，對這個賈斯汀另眼相看了，「哇，有沒有這麼痴情啊？」

反觀沈小茜，卻沒有身為事件女主角的百般感動，只是翻了個白眼，肚子餓到整個賴在地上坐著。「真的好餓又好累唷，可不可以不要再找了，大不了以後給你拍個夠，這樣總行了吧？」

驀地，王子起鬨地喊了出來。「在一起了啦。」

我和歐文互看一眼，也跟著打趣附和起來，「在一起、在一起、在一起……」

這瞬，兩個人都紅了臉，默默並肩站在一起，你看我我看你面面相覷的樣子真是說不出的純情可愛。

「沈小茜妳也有今天啊……」我走到她的身邊，附在她耳際輕聲說道。當初都是她糗我的，沒想到現在我終於也有這個機會可以揶揄回來了。

「唉呀，別鬧了，我們去吃蜜糖吐司啦，快要餓翻了。」她嬌羞地向大家求饒。

賈斯汀還拉著沈小茜，難得一臉帥氣地深深望住她。「可是，妳還沒有回答耶。」

「回答什麼啦！」

就在此時，他不由分說地牽起沈小茜的手，再也沒有放開過。「在一起，好嗎？」

這晚，原本粉色裝潢夢幻無比的甜點店，因為有人頻頻放閃而更加甜蜜燦爛了。

「哪有你們兩個閃啊，你們光明正大牽手走過教室走廊那天大家都瘋狂得要命，而且還集體失戀了耶！」沈小茜難得被糗到整張臉蛋紅到發燙，她連忙揮手反駁。

「對了，說到集體，我們要不要改天來個四人約會啊？」賈斯汀含情脈脈地開口，雖然他是在問大家，視線卻還牢牢黏在沈小茜身上。

歐文指著自己鼻子，涼涼說道，「那我這個孤單老人不就只能自己閃一邊涼快去了？」

「那不然，歐文你和安又琳湊一起好了。」王子則忙著亂出主意，語氣愛憐地望向我，「省得她再來惹我們家小明！」

「她從小到大都跟在你屁股後面，你覺得她會這麼快就變心嗎？」

明明知道不可能，王子也沒再繼續做這個白日夢，於是逕自轉了個話題，「那我們約會要去哪裡啊？上次小琉球就滿好玩的啊。不然再去個離島好了，綠島怎麼樣？蘭嶼？澎湖？金門？馬祖？」

「拜託，別再叫我坐船了，想到我都暈了我！」沈小茜聽到，先舉手投降。「就不能來點浪漫的約會嗎？例如在某個漂亮的景觀餐廳吃頓燭光晚餐之類的……」

「那請問妳到底是要吃氣氛還是吃燭光晚餐啊？」

「都吃不行嗎？奇怪耶你……」

話題一開，大家立即七嘴八舌地熱絡討論起來。不知道是誰異想天開地說以後要去埃及或是沙烏地阿拉伯那種熱帶沙漠度蜜月才夠炫夠拉風，沈小茜則哀哀叫地說著那一點都不浪漫。

氣氛正熱，沈小茜和賈斯汀兩個人你一言我一語當眾打情罵俏鬥嘴起來，歐文和王子笑笑地聳肩，表示不想加入這小倆口的唇槍舌劍，站起身來要替大家去續杯熱飲。我原本也打算要拎著空杯子跟去的，不料一站起身來就被沈小茜逮住，「喂，沈小萌，妳是我姊，妳也替我說句話嘛！」

「呃？」是要說什麼啊？

沈小茜見我愣著沒說半句話，繼續轉過頭去和賈斯汀不可開交地吵著，我這才默默退場，下了樓，正要追上王子和歐文的腳步，原本想要湊上前的，不意聽到歐文的問句，我沒有來由地頓住了。

「你對小萌說了嗎？」

「還沒。」

明明知道偷聽並不道德，可是，此時我卻沒了上前靠近的勇氣，要對我說什麼？跟音樂教室的那件神祕事情有關係嗎？

我的思緒混沌不清，手裡還緊緊握著空著的馬克杯，怎麼都無法向前邁開腳步去問清楚到底是什麼事。

「因為不敢嗎？」

「沒有不敢。」不知何以，剛才王子都還好好的，卻因為歐文的問題讓他反常地敏感，甚至有些易怒，「幹麼這麼關心我和小明？」

倒是歐文顯得相當平靜。「你們兩個都是我的朋友。」

「哼，我看你比較在意小明吧，別忘了她現在是我女朋友。」

「這也是我正要對你說的，不坦誠的感情怎麼會是愛情？何況你還口口聲聲說是真的喜歡她，要是讓她知道了打從一開始……」

還沒說完，店員已經幫他們重新斟滿續杯的咖啡，而我，早在他們轉身上樓前回到座位上了。

「沈小萌妳不是跟著去續杯了？怎麼杯子還是空的？」

「嗯……對，有點飽，還是不要好了。」我敷衍地說道。

接下來大家歡笑的討論什麼我都聽不進去了，歐文口中的坦承，到底是要王子向我坦承什麼？這個神祕事情連歐文也知道是怎麼一回事嗎？

有種不好的感覺，我也不明白那是什麼。

誠如歐文所說的，不坦誠的感情怎麼會是愛情，那麼各懷心事的王子與我之間，還算得上什麼？

27

隔天早上，王子如昔地來到我家門前等我一起上學，還沒踏出門，便望見他喜孜孜的燦爛笑顏向我打招呼。「來，手伸出來。」

我聽話地伸手，他塞了兩顆包裝精美的白巧克力，說是要給我的。

「怎麼有這個？」

「昨天看妳只吃了幾口白巧克力的蛋糕而已，就猜妳應該喜歡這個口味。」他還遲鈍地沒有察覺我眼眶底下因為睡不好掛著淺淺的黑眼圈，仍興致勃勃全心全意地要給我這個驚喜，「怎麼樣？我猜對了嗎？」

其實不是這樣的。

是因為聽到了你和歐文的對話，所以我忍不住胡思亂想地猜測，猜你們口中不坦承的到底是什麼，所以根本沒有多餘的心思品嚐甜點。

「吃吃看這個白巧克力嘛，聽說這家很有名呢。」他很期待地要看我吃。

我不忍拒絕，只好拆開精緻包裝紙，儘管內心有好多苦澀，「嗯，好吃。」

「小明，」

他還是看穿了什麼嗎？就像每次都能猜中我心裡在想什麼一樣。

「嗯？」

「妳有心事啊？」

想了想，我瞥過視線去看地上的小石子，「沒有。」

「妳不適合騙人喔。」他朝我爽朗一笑，對我無止境地溫柔寬容，「沒關係，如果不想說，我不會逼妳，等小明想說了自然就會告訴我，對吧？」

而我要的卻不是這樣的體諒，是心裡沒有祕密的坦誠，我不想再這樣藏著各種猜測與不安的心情和他繼續下去，於是我咬著唇，下定決心般開口。

「王子，你是不是有什麼事沒跟我說？」

而他又是那樣閃爍其詞的眼神，倉皇地避開我的追問，聲音嘶啞，「沒有。」

接著，我們兩個就這樣沉默，他沒有再問我為什麼，而我也就此打住地點點頭。

他說什麼我就該乖乖相信，即便是如此，心裡怎麼還是如此難受，胸口像被什麼緊緊揪住了，就連呼吸都變得好困難。

「走吧，上學了。」最後，是他開口的。

只是，我們同樣站在陽光底下，他顯得那麼耀眼，太過刺目了，我難以再多接近他一步，更遑論繼續站在他身邊。

我們都忘了，屬於灰姑娘的夢幻愛情故事，只能存在於純真小孩的童話世界裡。

「沈小萌，妳快看這個，是我同學在社群網站上分享的……」

過了幾天，週末前的晚上，沈小茜衝進我的房間。我還來不及唸她怎麼沒敲門，她已經跳上我的床，把手機畫面送進我的視線。

「可以給我妳的電話嗎？幫個小忙，剛才跟我朋友玩國王遊戲輸了，所以被指定來向妳要電話。」

熟悉的街景，是我發好好吃牛排館傳單的那天，王子、賈斯汀和歐文他們三個在打賭的畫面，那麼青春無敵的笑容竟是如此張揚高調。

「看吧，沒要到人家電話！還說大話呢！」

「哼，那個女生貨色普普，隨便把也把得到好嘛。」

影片裡，說著狂妄大話的王子不知怎地看起來好陌生，他口口聲聲說著那個貨色普普的女生應該就是我吧。

原來是我啊。

「唷，你說的喔！」

「對，她說她和我們同校，我就追到她證明給你們看，不只這樣，我還要邀她當我的舞伴參加耶誕舞會，在舞池當眾甩了她，怎麼樣？玩得夠大吧！」

「如果沒追到怎麼辦！」

「不、可、能！我誰？我王子耶！」

看到這裡，我開始困惑而且迷惘，他們到底在說什麼？我怎麼一句都聽不懂了？這不是真的對嗎？影片中那個人應該只是長得很像王子，而不是真的是他，對嗎？

「這個該不會是從賈斯汀弄丟的那支手機裡傳出來的吧？」

我還在自欺欺人，沈小茜喃喃的聲音儘管再微小，還是猶如一枝細針竄入了我絕望的耳裡，刺破了我最後僅存的一絲幻想與冀望。

原來是這樣。

「那這樣我要怎麼追妳呀？」

「可是我還是想要追妳啊。」

就知道，世界上哪有如此幸運的事情會發生在我這個平凡女生身上？那些甜蜜浪漫麻雀變鳳凰的情節，都只能在童話故事或是電影劇情裡出現，我卻還傻傻相信，以為自己真有那麼點特別，有那麼點幸運……

「不過我努力地想要完成一件事情，就是讓妳喜歡上我。」

「像我喜歡妳一樣地喜歡我。」

沈小萌，妳真的是全世界最傻的笨蛋，王子一定正在偷偷笑妳，笑妳怎麼會這麼愚蠢相信他說他喜歡妳，而且還誓言非要追到妳不可。他一定正在悄悄計畫著耶誕舞會那天該怎麼當眾把妳甩掉才夠炫，才能再次風靡整座校園成為傳奇人物。

妳真是個無可救藥的笨蛋，事實都擺在眼前了，心底怎麼還……

還是不肯相信這場浪漫得不切實際的愛情，其實從頭到尾都是妳自作多情而已！

「他們三個怎麼可以這樣對妳！不行，我要去罵賈斯汀！我還要去罵王子！真是太過分了，怎麼可以這樣玩弄一個女孩子的心？」

明明受傷的是我，沈小茜卻比我更激動更生氣，氣到顫抖著肩膀直掉眼淚，「沈小萌，這是妳的初戀耶，從來沒看過妳這麼在意喜歡過一個男生，甚至還為了他學習怎麼打扮，不行，我一定要找他們理論去！」

「不要去！」強忍哽咽，我拉住她。

「可是……」

「不要去，」我盡量把話說得很輕，深怕一個不小心就要在沈小茜面前流下眼淚，「妳先讓我靜一靜。」

就這樣，我關上了門，不管沈小茜還在外頭拚命敲門喊叫。

我冷靜得不像是自己的事一樣。

望著掛在壁櫥上那套禮服，是沈小茜為了讓我亮麗出席耶誕舞會，陪我去逛了好久好久才買下的。當時的自己真傻，怎麼能相信王子那樣閃閃發亮的人會喜歡這樣渺小的沈小萌……

「妳有一點喜歡我了嗎？」

「可是，怎麼辦，我愈來愈喜歡妳了啊。」

都到了這個時候，我還惦記著萬聖節派對的那個吻，那個天空布滿星星的夜晚，那雙訴說愛意的眼眸是如此傷楚叫我心疼，甚至，直到現在，我都還願意相信，傻傻相信至少在那短暫的一秒中他是真摯的，傻傻地願為他付出情感。

這就是你要的吧？王子。

那麼，恭喜，你如願了。

「小明，妳怎麼還沒有出門？快點啦，我們看電影要來不及了。」

點點細雨從烏雲密布的天空不停落下，此刻，我難以言喻的心情和這樣的天氣真是可笑地如出一轍，隔窗望向樓下對我投以燦爛笑容的他，卻還是恨不了他。

只是，很想知道為什麼。

為什麼要這樣玩弄我，我到底得罪了誰，要這樣處心積慮地靠近、欺騙、說謊、設計，甚至還叫人扮成校門口賣蛋餅的老婆婆讓我差點就相信了，相信他其實不是一般被寵壞的有錢人小孩……

但事實上他就是。

我無意識地穿上外套，像是失去靈魂被控制的軀體，終究還是會一步步走向那個玩弄我的始作俑者。沈小茜從隔壁房間跑出來攔我，對我激動咆哮，「沈小萌妳傻了嗎，事情都到這個地步了，妳還要和那個王八蛋出去？」

我朝她慘澹一笑。

是啊。說真的，我也不知道為什麼，或許內心還在等他開口，告訴我那個神祕事情其實根本一點都不神祕，告訴我和賈斯汀他們的打賭也是假的，都是和我開玩笑的而已。

只是，可能嗎？

我也不奢望了。

最後，看了什麼電影，我已經記不得了。

「小明，妳今天身體不舒服嗎？電影那麼好笑妳怎麼都沒反應？還是妳的笑點很高？」

我沒說話。

吃飯的時候，他點了好多餐點，百般討好地要逗我開心，我還是沒有說話。

「小明，妳沒有胃口嗎？該不會是在學人家偷偷減肥吧？妳不是喜歡白巧克力口味的甜點嗎，怎麼吃沒幾口就停下來？剛剛問妳要吃什麼妳又不講！女生好難猜唷，真難搞！」

直到最後我都沒有說話。

「對了，參加耶誕舞會的衣服買了嗎？我送妳這雙鞋好不好？小明如果穿上銀色的高跟鞋一定很美，就像童話故事裡走出來的灰姑娘……」

是啊，就像被你們這種自大王子玩弄於股掌間的愚蠢灰姑娘。

他逕自開心地說著，已經擅自掏出信用卡副卡買下昂貴卻不實穿的銀色高跟鞋，塞進我的手裡也不管我要不要。

而我，怔然望著這雙鞋，眼淚再也承受不住地潸潸落下，就像這場下個沒完沒了的雨一樣，對他一股腦兒地吼了出來，「你夠了沒啊！我不是你的玩具也不是你的傀儡，你憑什麼操縱我的一切，害我像個傻子一樣……」

像個傻子一樣喜歡你！

那麼無可救藥地愛上你……

「小明？妳怎麼了？是因為妳不喜歡銀色嗎？還是妳不喜歡這個款式？我們可以再挑過啊！」

他一臉無辜地睜著眼睛，沒有任何一絲不悅，甚至還耐著性子屈就我。而我流著眼淚冷眼旁觀這個表情，完美無瑕的面孔和虛假溫柔，這些都是偽裝出來的，只為了那個無聊的打賭，對吧？

最後，我打翻了那雙鞋盒，直接衝進滂沱雨中。

「不要再來找我！」

反正我們本來就不屬於同個世界。

不知道在這場冷冷的冰雨底下漫無目的走了多久，恍惚中，我被一個人拉住。

我回頭，可笑地發現竟是歐文。

他怎麼會在這裡？我回過神來，沒有太大意外，這附近應該都是有錢人家的生活圈，會在這邊遇見他也不是不可能的事啊。

我甩開他，冷冷開口，「你們都是騙子。」

他抬眼看我，向來沉穩的眸子閃過一絲訝異。是啊，很訝異我怎麼會知道的吧，真對不起啊，破壞了你們之間的遊戲，很掃興是嗎？

「抱歉。」片刻之後，他才開口。

僅僅兩個字，卻幾乎等同於間接承認了那個惡作劇的打賭，再次狠狠傷透我的心。

雨不停落下，浸濕了他前額原本帥氣有型的劉海，他卻不為所動，聲音低啞地為自己也為王子辯解，對我而言，聽來都是再多餘不過的解釋。「我們不是故意要讓妳受傷害的，無論如何，這都不是我們的原意，王子他是真的喜歡……」

現在說有什麼差別？

我使力推開他的臂膀，用盡最後一絲力氣吼出來。「可是我已經受傷了啊！」

「小萌！」他還試圖想要靠近我。

「別碰我！你們全都一樣！」而我防備地退了又退，不聽使喚的眼淚還不停落下。

「真的很抱歉讓妳受傷，可是，妳要相信王子他是真的很喜歡妳……」

事到如今教我還能怎麼相信？

「告訴我，」抹掉最後一滴眼淚，我望著他，聲音空洞得不像是自己的，「如果是你，還會傻得再相信一次嗎？」

他再也沒有說話。

「小明妳到底怎麼啦？後來我找妳找好久，打電話妳沒有接，去妳家找妳，沈小茜又擋在門口不客氣地叫我滾，就連早上要跟妳一起上學也等不到妳，害我差點遲到。」

再怎麼躲，該來的還是躲不掉。早自習還沒結束，王子便氣沖沖地從教室門外面衝進來，同學們都在等著看到底發生什麼事，隨後，賈斯汀和歐文這兩個忠心耿耿的好朋友也跟了上來。

我漠視他，繼續低頭背單字。看來他還不知道那個爛打賭遊戲已經被我發現了吧，真諷刺，說不定整個學校的人都知道了，只剩他自己還不曉得而已。

「別在這邊大呼小叫的。」歐文上前拉住了王子。

「干你什麼事！」而王子則不領情地甩開，直視我，「我在跟她說話！」

我瞪了他一眼，把課本重重闔上，站起身來打算走開。

「沈小萌！」他盛滿怒意地喊住我，我昂起下巴看了他一眼，真教人感動，終於叫對我的名字了啊。

「干我的事，」歐文擋在我們面前，「那天我遇見她了。」

王子轉頭過來，不動聲色地打量著歐文。「所以，是你把她帶走了？」

而他默認。

「是真的嗎？你們兩個到底在搞什麼？沈小萌，妳是不是喜歡他！」

這全部的一切都是個爛打賭、破騙局，王子你又何必這麼入戲地假裝吃醋？這樣只會讓我更加反感作嘔而已。

於是我瞪視著王子，嘴裡吐出一絲不屑。「不用裝，我都知道了。」

「裝？」他喃喃重複一遍，眼神閃過些許複雜，警覺地問：「知道什麼？妳說，知道什麼？」

我哼地一聲別過臉去，看都不願再多看他一眼。你已經開始感到心虛了，我還需要重述一遍嗎？

「為什麼是我？」

最後，我直接了當地開口。要死，也讓我死得瞑目死得甘願，「在這個學校裡面這麼多女生，從一年級到三年級有多少人迷戀你，為什麼不乾脆選個愛慕你的粉絲捉弄就算了？從一開始就死纏爛打地追求，來我家門口等我一起上學，大費周章叫人假扮賣蛋餅的可憐老奶奶好博取我的信任，這麼精心設計的安排，都是要我一步步掉入你遊戲的陷阱裡，但為什麼是我！」

事實擺在眼前，他被我問得啞口無言，一切都只能默認，還急急地想抓住我的手，卻落了空，「這還用問嗎？當然是因為喜歡妳呀。」

「因為喜歡我，所以約我去耶誕舞會？」

「對。」

以為我還會傻傻相信嗎？在他眼裡我就真的這麼愚蠢好騙？

「然後呢？再當眾把我甩了？只為了履行你國王遊戲的約定？難道也是因為喜歡我才這樣的嗎？」

「不是的。」

一向自負的他，這時反駁的語氣都變得薄弱無力，再也沒有什麼理由，「小明，妳可不可以聽我說……」

「不要再騙我了，我都已經知道了！」最後，我如是說。「你走吧。」

他沒有放棄，就像是每次跟在我屁股後面打轉那樣鍥而不捨，「妳等著，我會證明給妳看！」

只是，我的耐心已經一次一次被消磨耗盡，我真的沒有辦法再……

「妳相信我可以，我就真的可以，一定會讓妳看見我的真心！」

「小明，妳相信我做得到吧？」

至今聽來多麼可笑。

「妳相信我吧？」

「不需要。」

我轉身，離開教室。

29

我好像生病了。

胸口的地方像破了個洞，和王子曾經擁有的種種回憶不斷流洩滿溢出來，即便想要用雙手堵住胸口，努力地想捉住些什麼，還是徒勞無功地從指縫中流走。

就像是從來沒發生過那樣感覺不真實。

既然如此，那為什麼我還痛徹心扉地苦惱著？

他說要證明給我看，所以還是死纏爛打地如昔站在我家門口等我上學。而我，走到玄關，望見他在寒風裡佇足守候的身影，卻再也無法感動，只是一個轉身回到房間，隨手抓起了床邊他送我的黃色小鴨和窗台上擺著的那株仙人掌，衝到他面前，全部一股腦兒地扔還給他。

「這些我不要了！」

他沒有閃躲，俊秀的臉頰上被仙人掌利刺刮出一道細微傷痕，緩緩透出血色。我的心臟為此狠狠一抽，這個笨蛋，為什麼不躲開，要這樣傻傻地被我弄傷！

儘管決定不再為他心疼，但心臟還是抗議般劇烈痛著，好恨自己的不爭氣，我卻只能倔強地緊抿嘴唇，從他身邊故作淡然地擦肩而過，「不要再來這裡等我。」

努力漠視掉他極盡傷楚的沉鬱眼眸，他被我撞得側過身子，正好望見背後一直默不作聲的歐文。我看了歐文一眼，「你來幹麼？」

「看妳還好嗎？」

「現在又變成和我同一陣線了嗎？會不會太奸詐了？」

「你們都是我的朋友，所以我關心。」他嘆了嘆氣，莫可奈何的語氣，「但妳要怎麼認為我也沒辦法。我要走了，想搭便車的話就上來吧。」

我還僵持著，半晌，終於下定決心，再也沒有多看王子一眼地上了車。

和歐文一起到學校，又是惹來側目與耳語，在走廊上，同學們已經指指點點地討論起來。早該料想到，打賭事件不用多久就會流傳在這座校園的每個角落，沈小萌是白痴、是笨蛋、是笑柄，是自作多情自以為可以搖身變成公主的灰姑娘，不管再怎麼精心打扮，都只是王子他們那群有錢人遊戲裡的一顆破棋子而已。

儘管做好了心理準備，但為什麼還是忍不住偷偷在意難過？

「看吧，就說王子怎麼可能會喜歡那種女生，原來只是為了打賭啊，我認識王子這麼久了，從沒看過他對誰付出過真心，只是玩玩而已，最後還不是會回到我身邊，因為我們認識最久，只有我最了解他，最適合他。」

說真的，我並不意外安又琳會在人來人往的走廊上驕傲地宣告著，好像一副她早知道會是這麼發展的得意模樣。

「說人人到耶，咦？歐文，你怎麼和沈小萌一起來學校？該不會……」

好討厭的感覺，她語意不清的曖昧眼神上上下下朝我們兩個若有似無地打量，彷彿說著「你們難道有什麼不可告人的微妙關係」那樣輕蔑，看著看著，逕自掩嘴笑了。

「去小琉球三天兩夜的時候就看你們兩個很親密了，真配呀。」

而我再也忍不下她三番兩次的挑釁與羞辱，我上前，狠狠瞪住她的眼睛，一字一句說得清楚，「閉上妳那張胡說八道的嘴巴，不是每個人都按照妳的計畫活著，我愛跟誰在一起是我的自由。至於王子，既然妳口口聲聲說他是妳的，那就要有本事把他看緊，別讓他老是在我眼前出現啊，反正我看他天天出現在我家門口也看膩了！」

一個轉身才要走掉，卻迎上王子正面對著我的受傷表情。他不知道已經站在這裡多久了，我剛剛說的大概他都聽到了吧。

周邊頓時安靜下來，凝視他蒙上陰霾的黯淡眼睛，我的胸口像有什麼要裂開似地拉扯疼著。為什麼，明明說重話的人是我，卻也感到受傷害的痛楚？

半晌，他明白地頷首，壓低的嘶啞聲音是如此絕望悲傷，「我知道了，以後不會再去妳家等妳了。」

這樣也好，本來就該如此的不是嗎，只是……

為什麼我還撕心裂肺地感到那麼痛？

耶誕舞會那天是星期六，一整天我都獨自關在房間裡不想有人來吵我。

沈小茜最後還是選擇和賈斯汀和好，畢竟被拿來打賭的對象也不是她，於是開開心心答應當賈斯汀出席舞會的女伴。出門前，她曾來敲我的門，告訴我她準備出門了。

我沒回應，索性熄了燈假裝在睡覺。只是，少了黃色小鴨的陪伴，我怎麼都睡不著。

蜷著身體瑟縮在偌大床上，翻來覆去怎麼樣都覺得心煩，乾脆坐起身來。然而就算開了燈勉強念書也看不下幾個字，滿腦子都是那天王子受了傷的表情，他說，以後不會再來家裡等我。

是我自己說了那種話的，為什麼還枯坐在這邊獨自傷心反悔？

頹然地從床上站起身來，走到懸掛在壁櫥上的那套禮服前，原本是要穿去耶誕舞會的啊，現在再也沒有機會穿上它了吧。

這個時間，舞會應該早就開始了，最後，王子還是沒有意外地牽著安又琳的手出席了吧，就像一開始大家預想的那樣，對於完美愛情的幻想永遠是帥氣多金的王子與漂亮高雅的富家公主，那才是真正匹配的一對啊。

而過了這晚，王子的那個打賭終於破局，沒了輸贏，再也不會有人記得我。

想著想著，我不禁苦澀地笑了，一切終將要回到原點，我是應該要感到輕鬆愉快的，但不知怎地，明明是笑的，淚水卻不受控制地拚命墜下。

抹掉眼淚，換上了這套禮服，我要在自己的小房間裡為自己慶祝明天過後即將回歸的寧靜生活，我要自己開心地跳舞，我伸開雙臂，讓自己不住地旋轉再旋轉，直到漂亮的裙尾飄揚在半空中，直到自己失去平衡地摔在地上痛哭失聲。

可不可以讓我就這樣忘了你？

30

時間再晚一點，我沒注意是幾點的時候，手機傳來訊息聲。沈小茜沒有打字，倒是直接傳了一段模糊影片，出現了燦爛霓虹燈下的浪漫場景，應該是耶誕舞會現場吧。是在向我曬恩愛嗎？這妮子老是這麼高調。

我嘆了氣，總要有人幸福的，對吧。按下播放健，卻不是我想像的那樣。

舞台上的主持人興高采烈宣布今年舞會的舞王舞后得獎人，果然又是王子與安又琳。台下立即響起熱烈掌聲，但是他們沒有按照慣例為最後一首抒情曲開舞，當音樂一下，安又琳站在聚光燈焦點的舞池中央，滿心期待等著王子上前，他卻……

「對不起，我不會和妳跳舞的，小明才是我心中的舞后。」王子如是說。

而安又琳則又羞又怒地氣憤跺腳離去。

出乎意料的發展使眾人一片譁然，怎麼會是如此？

我深深吸氣，儘管按住胸口劇烈跳動的心臟，那狂喜狂悲的心情還是如此起伏不定，凌亂思緒都因為那句直白的拒絕遲遲無法平靜下來，王子他怎麼可以這樣？

他不知道我需要花費多大力氣才能要自己忘記他，他不知道我要流下多少傷心的眼淚才能洗淨對他的戀戀不捨，他不知道……

緩緩放開手機，閃爍模糊的淚光中，突然，窗外一道微弱銀光吸引我的視線，那是什麼？走下樓，我逐漸靠近，才發現圍牆上竟然擺著一雙鞋。

他來過了嗎？

踮起腳尖，我拿下那雙鞋小心捧著，我任憑眼淚灑落，真的不知道該拿它怎麼辦了。

直到後來，我才望見影片播完沈小茜接著傳來的文字訊息。

「不論之前王子做了怎樣愚蠢的打賭或約定，但妳總不至於看不見他的真心吧？」

耶誕舞會結束後幾天，緊接而來的便是跨年活動。每個人都雀躍計畫著要去哪裡倒數看煙火，結束後再到知名的燒餅油條店去續攤吃早餐。

戀愛中的沈小茜當然也沒有例外，即便是這幾天鋒面報到，氣溫一下子降了好幾度，她依然穿著短裙準備出門。相較之下，裹著厚厚毛毯窩在客廳沙發上邊看電視取暖的我就……

「Everyone deserves a second chance.」沈小茜站在沙發前面，模仿電影中的人物一

字不差地唸出台詞，然後轉頭過來指著我鼻子說教，「沈小萌，這部電影這幾天妳已經不知道看過幾次了耶，連我都快要把裡面的台詞背起來了啦。」

沒辦法，大概為了配合過年氣氛，ＨＢＯ三不五時就在重播這部《一〇一次新年快樂》，電影裡不斷頌揚愛、希望、寬恕和第二次機會及重新開始，交織著戀人復合和單身者勇敢追愛的故事，就發生在一年當中最燦爛迷人的跨年夜晚。

「我在想，是不是這部電影多看幾遍，心情和人生就會變得正面光明一些啊。」

「拜託！」沈小茜則充滿不屑地使出了招牌的翻白眼，「看電影不是像妳這樣看著劇情發呆的好嗎，是得看進心裡去思考的。」

「還真難得妳說出這麼有意義的話。」

沈小茜懶得再理我，朝爸媽喊了一聲「我要出門囉」就不見人影了。我依舊窩在沙發上，默默看完不知道到底看過幾次的這部電影，默默啃完不知道第幾袋爆米花，眼見這袋又要見底，我抹抹手，下部電影好像滿好看的樣子，不買一包來配著看怎麼行。

跟媽媽稍微說過一聲，還穿著邋遢的睡衣也不打緊，套上了圍巾和外套，步出玄關，不意瞥見擺在鞋櫃最角落的那雙銀色高跟鞋，心上尚未癒合的那一隅還是起起落落地悄然疼著。

大家都跑去倒數跨年的樣子，整條小巷特別冷清，騎著腳踏車晃過幾乎空無一人的街道，我在附近的便利商店補貨，抓了幾袋爆米花還有洋芋片。回家的路上，經過之前王子載我的那段路，一瞬間，那曾經的甜蜜回憶全都好擁擠地冒出來了。

「妳相信我可以，我就真的可以，一定會讓妳看見我的真心！小明，妳相信我做得到吧？妳，相信我吧？」

那個時候，不論怎麼飆著汗騎車，他都不願意放棄地載我騎過一段長長坡道，我還記得他背部繃緊的肌肉線條，還有那麼沉重急促的呼吸全都是為了我而拚命。

「沈小明，我喜歡妳，要記得我說過的，我真的喜歡妳，用真心喜歡妳。」

因為說不出口吧，畢竟，和我的交集始於那個無聊的打賭，所以才要用這樣的行動證明，在風裡吶喊著喜歡我，並要我牢牢記得他說過的話，他喜歡我，是真心喜歡我的。

突然，開竅似地一切變得好明朗，我終於看清楚他對我的真心。

抹掉最後一滴眼淚，視線忽然變得好清晰光明。不行，我得趕緊加快腳程回去，得趕快告訴王子我想通了，我願意原諒他，而且我終於看見他的真心，Everyone deserves a second chance，我真的把這部電影看進心裡了！

就這樣，我把腳踏車當機車一樣地瘋狂飆車，還好晚餐我吃得很飽，所以現在體力充沛，橫衝直撞地拐了個彎就要回到家門口。霎時，一個身影倏地闖入我視線。

我緊急剎車，定睛一看，王子就站在我車子的面前。

他喘著氣，像剛跑完百米，而我也快要呼吸不過來了。

「在這裡幹麼？」我原本想問的，卻說不出來。他明明說過他不會再來了。

「剛剛和賈斯汀他們在等咖啡時，我看了電視牆上播放的電影，裡面的主角不斷重複一句話，就是Everyone deserves ……」

「…… a second chance.」我凝視他，為他接下了還沒有說完的話。

所以，他也看到了嗎？莫非這就是電影裡所說的跨年奇蹟？

我難以置信地停下車，就站在他的面前，那雙我好想念的深邃眼眸熠熠閃閃的，如同我記憶深處那樣燦爛。

「抱歉，一直沒有勇氣向妳坦承，剛開始接近妳的確是為了和賈斯汀他們的那個爛打賭，但是，真正認識妳之後，我才知道自己多麼無聊幼稚，也才知道自己多麼喜歡妳。在妳面前，我總是耍不了帥、總是很糗，甚至騎個腳踏車都會沒力地腿軟，可是，我一點都不擔心妳會笑我，因為，妳知道這就是真實原始的我。

「舞會那天，其實我到過這裡，看見妳房間投射的身影是那麼孤單，卻怎麼也接近不了妳，畢竟，一開始就是我騙了妳，是我對不起。

「我也說了，自己不會再來這裡煩妳。可是在看了那部電影之後，我決定鼓起自己全部的勇氣，只是想要跟妳說，就算被妳拒絕了也沒有關係，小明，我……」

喜歡妳。

儘管他真摯地說了不下千百回，竟然都不及這次這秒來得刻骨銘心。他坦然地伸開臂膀，等待我最直接的回應。只是，以為我會感動得痛哭流涕馬上撲到他懷裡跟他深情擁吻嗎？那我乾脆直接改名叫沈小明算了啊！

誰叫他害我傷心那麼久，要是現在就原諒他，未免太便宜這傢伙了吧！

在風裡，我猶豫不決地躊躇著，等待中，我望見那雙堅定眼神逐漸黯淡就要熄滅的眸光，時間分秒都在無聲地流逝，而我還默默地在生悶氣。直到等了好半晌，他緩緩轉身，像是懂了我最後意氣用事的決定。

只是，當他跨出那步，再一步……

啊算了算了，反正他早就都叫我小明了！有沒有改名還不是都一樣！

深怕他真的就這樣走掉，我整個被他打敗，出聲音驀地叫住了他，「喂！」

遲疑了一下，他回頭過來莫名其妙地看我。

因為還是不怎麼情願這樣就要跟他和好，我將視線移開，小小咕噥了一聲，「那你來追我。」

「……」他一臉納悶。

「我說……」

到底是有沒有這麼難懂啊，我再也受不了這個老是耍不了帥，糗得要命，而且中文明明就不好還死不承認的笨王子了。於是，我氣嘟嘟地走上前，樣子很 man 地用我脖子上的麋鹿圍巾套住了他，將他整個人重新拉回到我的面前。「之前的追求都不算數，那些都是為了打賭，你如果真的喜歡我，就得再重新追求我一次。」

結果，我話都重述一遍了，他還似懂非懂地愣愣著。

而我已經放開圍巾，轉身逕自哼著歌騎車走了。等他回過神來，我已經騎在前頭，他只能邊揮舞著我的圍巾邊喊道：

「小明，總有一天我一定會追到妳的！」

【全文完】

·後記·

灰姑娘的夢境

看過《灰姑娘的玻璃手機》這部電影嗎？

這是我喜歡的幾部電影之一，儘管看過很多次了，但每次電影台重播我都還是會乖乖待在電視前面看完。我很喜歡這類的美國校園愛情喜劇，劇情不用花太多腦筋就能看懂，而且輕鬆活潑的步調讓人總是忍不住莞爾，我這部小說《心動》的原始靈感就是從這裡開始的。

其實，從上一部小說《不溫柔宣言》交稿之後，我還曾默默開了新稿，認真架構劇情，故事寫著寫著來到兩萬多字就突然沒了寫下去的動力。明明是很喜歡新書稿裡的男女主角和整體故事情節，但就是怎麼都寫不下去了，好像全身都不對勁，去看醫生也說不出個所以然自己到底生了什麼病那樣。說真的，直到現在，我從來沒有寫過一篇斷頭文，總是很執拗地每開一個頭就算咬牙扯頭髮都要把它寫完，但這次，我竟然就這樣很乾脆地把稿子塞到某個眼不見為淨的灰暗角落。某天，電影台又在重播《灰姑娘的玻璃手機》，當我又默默看完幾乎都能背出台詞的劇情，決定開始寫《心動》。

雖然我的實際年齡距離青春有些遙遠了，不過寫起《心動》都還算是順利，很喜歡這次男主角王子老是想要耍帥卻又掉漆的個性，相較於大多小說裡面帥氣完美得不真實的男主角，我很任性地覺得還是王子這樣比較可愛呢。

不過，大概男主角王子太耍寶了，老惹得女主角小萌無言以對，朋友看完《心動》的某個片段，轉頭過來問我，「妳現在是要走搞笑路線了嗎？」我只想說，其實真的沒有刻意，但是，回顧近年來我的作品似乎真的還滿……呃，算是趣味詼諧嗎？但我就是寫得很開心嘛。

喔，對了，很得意地在這邊順帶一提，因為提前交稿的關係，編輯在 email 裡誇了一句「優秀」讓我驕傲得屁股都要翹起來了呢！

最後，希望大家會喜歡這部《心動》，我要繼續我的趕稿人生了，下次見囉。

貓咪詩人　台中東勢

國家圖書館出版品預行編目資料

心動／貓咪詩人 著. -- 初版. -- 臺北市：商周出版：
家庭傳媒城邦分公司發行, 2014.04
面：　公分. --（網路小說；230）

ISBN 978-986-272-575-7（平裝）

857.7　　103005170

心動

作　　者／貓咪詩人
企畫選書人／楊如玉、陳思帆
責任編輯／陳思帆

版　　權／翁靜如
行銷業務／李衍逸、黃崇華
總 編 輯／楊如玉
總 經 理／彭之琬
發 行 人／何飛鵬
法律顧問／台英國際商務法律事務所　羅明通律師
出　　版／商周出版
城邦文化事業股份有限公司
台北市民生東路二段 141 號 9 樓
電話：(02) 25007008　傳真：(02) 25007759
Blog：http://bwp25007008.pixnet.net/blog
E-mail：bwp.service@cite.com.tw
發　　行／英屬蓋曼群島商家庭傳媒股份有限公司城邦分公司
台北市民生東路二段 141 號 2 樓
書虫客服服務專線：(02) 25007718、(02) 25007719
服務時間：週一至週五上午09:30-12:00；下午13:30-17:00
24 小時傳真專線：(02) 25001990、(02) 25001991
劃撥帳號：19863813；戶名：書虫股份有限公司
讀者服務信箱：service@readingclub.com.tw
城邦讀書花園：www.cite.com.tw
香港發行所／城邦（香港）出版集團有限公司
香港灣仔駱克道193號東超商業中心1樓
E-mail：hkcite@biznetvigator.com
電話：(852)25086231　傳真：(852) 25789337
馬新發行所／城邦（馬新）出版集團【Cité (M) Sdn. Bhd.】
41, Jalan Radin Anum, Bandar Baru Sri Petaling,
57000 Kuala Lumpur, Malaysia.
Tel: (603) 90578822　Fax:(603) 90576622
email:cite@cite.com.my

版型設計／小題大作
封面插圖／文成
封面設計／許秋山
排　　版／新鑫電腦排版工作室
印　　刷／高典印刷有限公司
總 經 銷／高見文化行銷股份有限公司
電話：(02) 26689005　傳真：(02) 26689790
客服專線：0800-055-365

■ 2014 年 4 月 1 日初版 1 刷

Printed in Taiwan
城邦讀書花園
www.cite.com.tw

定價180元

著作權所有，翻印必究 ISBN　978-986-272-575-7

商周出版

廣　告　回　函
北區郵政管理登記證
台北廣字第000791號
郵資已付，免貼郵票

104台北市民生東路二段141號2樓

英屬蓋曼群島商家庭傳媒股份有限公司　城邦分公司

請沿虛線對摺，謝謝！

商周出版

書號：BX4230　**書名：**心動　**編碼：**

請於此處用膠水黏貼

商周出版

讀者回函卡

感謝您購買我們出版的書籍！請費心填寫此回函卡，我們將不定期寄上城邦集團最新的出版訊息。

不定期好禮相贈！
立即加入：商周出版
Facebook 粉絲團

姓名：＿＿＿＿＿＿＿＿ 性別：☐男 ☐女

生日：西元＿＿＿＿年＿＿＿＿月＿＿＿＿日

地址：＿＿＿＿＿＿＿＿

聯絡電話：＿＿＿＿＿＿＿＿ 傳真：＿＿＿＿＿＿＿＿

E-mail ：

學歷：☐ 1. 小學 ☐ 2. 國中 ☐ 3. 高中 ☐ 4. 大學 ☐ 5. 研究所以上

職業：☐ 1. 學生 ☐ 2. 軍公教 ☐ 3. 服務 ☐ 4. 金融 ☐ 5. 製造 ☐ 6. 資訊
☐ 7. 傳播 ☐ 8. 自由業 ☐ 9. 農漁牧 ☐ 10. 家管 ☐ 11. 退休
☐ 12. 其他＿＿＿＿＿＿＿＿

您從何種方式得知本書消息？

☐ 1. 書店 ☐ 2. 網路 ☐ 3. 報紙 ☐ 4. 雜誌 ☐ 5. 廣播 ☐ 6. 電視
☐ 7. 親友推薦 ☐ 8. 其他＿＿＿＿＿＿＿＿

您通常以何種方式購書？

☐ 1. 書店 ☐ 2. 網路 ☐ 3. 傳真訂購 ☐ 4. 郵局劃撥 ☐ 5. 其他＿＿＿＿

您喜歡閱讀那些類別的書籍？

☐ 1. 財經商業 ☐ 2. 自然科學 ☐ 3. 歷史 ☐ 4. 法律 ☐ 5. 文學
☐ 6. 休閒旅遊 ☐ 7. 小說 ☐ 8. 人物傳記 ☐ 9. 生活、勵志 ☐ 10. 其他

對我們的建議：＿＿＿＿＿＿＿＿

【為提供訂購、行銷、客戶管理或其他合於營業登記項目或章程所定業務之目的，城邦出版人集團（即英屬蓋曼群島商家庭傳媒（股）公司城邦分公司、城邦文化事業（股）公司），於本集團之營運期間及地區內，將以電郵、傳真、電話、簡訊、郵寄或其他公告方式利用您提供之資料（資料類別：C001、C002、C003、C011 等）。利用對象除本集團外，亦可能包括相關服務的協力機構。如您有依個資法第三條或其他需服務之處，得致電本公司客服中心電話 02-25007718 請求協助。相關資料如為非必要項目，不提供亦不影響您的權益。】

1.C001 辨識個人者：如消費者之姓名、地址、電話、電子郵件等資訊。
2.C002 辨識財務者：如信用卡或轉帳帳戶資訊。
3.C003 政府資料中之辨識者：如身分證字號或護照號碼（外國人）。
4.C011 個人描述：如性別、國籍、出生年月日。

請於此處用膠水黏貼